Arena-Taschenbuch

Band 50730

Ebenfalls von der Autorin im Arena Verlag erschienen:

Shana, das Wolfsmädchen, und der Ruf der Ferne
Tochter des Meeres
Weißer Kranich über Tibet
Sabrina – Entscheidung in Mexiko
Die goldenen Dächer von Lhasa
Kel Rela – Im Herzen der Sahara
Tara und die Reiter des Windes
Aischa und die Sonne des Lebens
Hinani – Tochter der Wüste
Anahita – Im Land des Monsuns
Das Gold der Azteken
Der rote Seidenschal
Der Türkisvogel
Sonnenpfeil
Der Ruf der Elefanten
Wildpferde in Gefahr
Mari reitet wie der Wind
Das Mondpferd
Im Wind der Camargue
Solal, das Feuerpferd
Pferde, Wind und Sonne
Melina und die Delfine

Federica de Cesco
wurde in Italien geboren. Sie hat viele Länder kennengelernt und lebt heute mit ihrem japanischen Ehemann in der Schweiz. Ihre Bücher wurden in zahlreiche Sprachen übersetzt. Für ihr schriftstellerisches Schaffen wurde Federica de Cesco mehrfach ausgezeichnet.

Federica de Cesco

SHANA, DAS WOLFSMÄDCHEN

Arena

Informationen zu Unterrichtsmaterialien
unter www.arena-verlag.de

Unterrichtsmaterialien zur Buchverfilmung unter:
www.shanafilm.com/De/schule/schule.html

FSC
www.fsc.org
MIX
Papier aus verantwortungsvollen Quellen
FSC® C110508

1. Auflage als Limitierte Sonderausgabe im Arena-Taschenbuch 2015

Umschlaggestaltung: Frauke Schneider unter Verwendung
eines Fotos von © Beowulf Sheehan. UpperCut Images; gettyimages
Umschlagtypografie: KCS GmbH · Verlagsservice &
Medienproduktion, Stelle/Hamburg
Sondergestaltung: komm Design/achkomm.com/Würzburg
Gesamtherstellung: Westermann Druck Zwickau GmbH
ISSN 0518-4002
ISBN 978-3-401-50730-9

www.arena-verlag.de
Mitreden unter forum.arena-verlag.de

Für Joëlle-Mizusa

1. KAPITEL

Ich träumte oft von meiner Mutter. Sie hatte mich nie ganz verlassen, obwohl sie vor zwei Jahren gestorben war. Das Traumbild wechselte, flimmernd wie ein unscharfer Filmstreifen, und ergab auch nicht immer einen Sinn. Beim Erwachen verblasste es, aber die Erinnerung blieb. Und wenn ich mich im Spiegel betrachtete, sah ich stets ihr Gesicht: dieselben braunen Augen, dasselbe dicke, widerspenstige Haar, denselben großen Mund. Noch heute wurde ich im Reservat von fremden Leuten angesprochen: »Ach, bist du Melanies Tochter?« Ein- oder zweimal war ich sogar davongerannt, bloß um nicht sagen zu müssen, dass sie tot war. Das hatte sich inzwischen gebessert. Immerhin war ich fünfzehn geworden. Aber der Schmerz blieb und jedes Mal, wenn ich an unserem Lebensmittelladen neben der Tankstelle vorbeikam, drehte ich den Kopf zur anderen Seite. Elliot Reed, mein Vater, war schon morgens um neun betrunken und der Besitzer hatte nicht gewollt, dass er den Laden weiterführte. Zu Anfang hatte er noch Kuchen gebacken wie früher meine Mutter, aber sein Kuchen war nicht gut. Sogar ich hätte es besser gemacht, aber ich war in der Schule.

In dem Laden gab es alle Dinge, die die Leute im Dorf so brauchten: Milch, Cornflakes, Dosenfleisch, Waschmittel, Shampoo. Auch Babywindeln, Taschenlampen und Batterien, Gartenscheren und Schreibwaren. Dazu kam Melanies frischer Obstkuchen, den sie täglich backte. Mittags war schon alles verkauft. Deswegen ging der Laden so gut, obwohl viele Leute im Supermarkt kauften. Dann wurde sie krank, Migräneanfälle und Schmerzen in den Knochen traten immer häufiger auf. Melanie musste für mehrere Wochen ins Krankenhaus und bekam Bestrahlungen. Sie verlor ihr dichtes Haar und sah eine Zeit lang aus, als ob sie meine Großmutter wäre, dabei war sie nicht einmal vierzig. Inzwischen führte mein Vater den Laden. Die Männer kamen gerne, weil er mit ihnen scherzte. Aber die Frauen schickten oft ihre Kinder mit einer Liste von Einkäufen und ärgerten sich, wenn mein Vater ihnen das falsche Waschpulver mitgab. So verloren wir Kunden. Mein Vater bestellte nicht pünktlich neue Ware und zahlte alle Rechnungen mit Verspätung. Er arbeitete lieber im Garten, werkte und zimmerte, führte kleine Aufträge aus. Früher war er nie ein Typ gewesen, der schon frühmorgens in der Kneipe saß. Aber das änderte sich nach dem Tod meiner Mutter. Mein Vater war nie streitsüchtig und machte auch keine blöden Sprüche. Er hatte ein einfältiges Lächeln und brütete oft vor sich hin. Zum Schluss verlor der Besitzer die Geduld: Seine Tochter, die jung verheiratet war, übernahm mit ihrem Mann den Laden. Der Arzt stellte fest, dass mein

Vater zuckerkrank und arbeitsunfähig war; also bekam er etwas Geld und von diesem Geld mussten wir leben.

Zum Glück gehörte uns das Haus. Mein Großvater hatte es mit Freunden gebaut, es war warm im Winter und kühl im Sommer. Meine Mutter hatte schöne Gardinen genäht und mein Vater die Möbel selbst gezimmert. Aber jetzt saß er nur noch vor dem Fernseher und der Garten verkam. Meine Mutter hatte viel gelesen, früher war unser Bücherregal voll bepackt. Heute standen die Bretter leer. Mein Vater brauchte Geld für die Kneipe und hatte die Bücher verkauft. Ich hatte vergeblich versucht, ihn davon abzubringen.

»Nein, Elliot, nein! Nicht Melanies Bücher!«

»Die nehmen bloß Platz weg. Und wer liest sie denn? Du vielleicht?«

»Doch, in den Ferien.«

»Quatsch! Du sitzt doch nur vor der Glotze.«

»Das ist überhaupt nicht wahr!«

Er hörte nicht wirklich zu, er dachte nur an die Schulden, die er in der Kneipe machte. Nach und nach hatte er alle Bücher verkauft. Einige waren alt und sehr schön, aber viel Geld bekam er nicht dafür. Einmal überraschte ich ihn, als er nüchtern war und finster die leere Bücherwand anstarrte.

»Weißt du, was? Ich hätte die Bücher behalten sollen. Sie fehlen mir irgendwie. Dir nicht auch?«

Dumme Frage, dachte ich wütend. Elliot hatte Tränen in den Augen, aber ich hatte in diesem Moment kein Mitleid mit ihm. Das war in der Zeit, als er unter starken Medikamenten stand und nur noch im Pyjama herumlief. Vernünftig mit ihm reden konnte ich nicht mehr. Alles, was er sagte, klang logisch und war gleichzeitig der größte Unsinn. Immerhin kümmerte er sich um den Haushalt und machte mir zu essen. Wenn ich von der Schule kam, stand auf dem schmutzigen Wachstuch in der Küche eine Schüssel mit Kartoffeln oder Steckrübenbrei, für Fleisch war kein Geld da. Trotzdem war Hunger ein Gefühl, das ich bald gut kennenlernte, denn satt wurde ich davon nicht. Ich gewöhnte mich an Magenkrämpfe, brummende Ohren und eine große Leere im Kopf. Oft kam Elliot erst bei Tagesanbruch nach Hause. Ich hörte ihn dann in seinem Zimmer rumoren, zum Klo torkeln. Manchmal fand er den Schlüssel nicht und kippte vor der Haustür einfach um. Ich wurde wach, weil es draußen laut polterte, ging im Pyjama vor die Tür und zerrte ihn ins Haus. Ich konnte den Schweiß und den Whisky an ihm riechen und schüttelte mich vor Ekel. Ich zog ihm die Schuhe aus, warf eine Decke über ihn und ließ ihn auf dem Boden schnarchen. Einmal fiel er die Treppe herunter, ein andermal fuhr er unseren Wagen zu Schrott. Bald hatten wir nicht einmal mehr Telefon: Elliot hatte die Rechnungen nicht bezahlt und man hatte uns die Leitung gesperrt. So vergingen Monate. In der Schule war ich eine Katastrophe. Ich glaube, wenn mein Vater mich geschlagen oder sich auf die eine oder andere Weise brutal gezeigt hätte, wäre ich sofort davongelaufen. Aber er war ein sanfter Mensch und tat keiner

Fliege was zuleide. Was die Sache noch komplizierter machte, weil ich keine Wut auf ihn hatte, bloß Mitleid. Und weil es an manchen Tagen fast wie früher war. Kam ich aus der Schule, arbeitete er im Garten und begrüßte mich mit einem Witz: »He, Shana, hat dir die Lehrerin heute was beigebracht?«

Anne Shriver war nicht unbedingt die Lehrerin, die sich indianische Schüler erträumen. Sie hatte hellbraunes, sorgfältig frisiertes Haar und ein kühles blasses Gesicht, auf dem ständig ein Lächeln berufsmäßigen Wohlwollens lag. Denn es war schließlich eine wichtige Aufgabe, störrische Halbwüchsige zu unterrichten. Sie wies oft darauf hin – was ganz unnötig war –, dass einige von uns Sozialfälle waren und zwangsläufig schon in jungen Jahren verdorben. Sie hatte bereits Elliot in der Klasse gehabt und nicht viel von ihm gehalten.

Zu mir sagte sie: »Pass auf, dass du nicht wie dein Vater wirst! Ich fürchte, du bist wie er und hast nichts drauf.«

Und ob ich vielleicht magersüchtig sei? Oder unter Wachstumsstörungen litt?

»Mit fünfzehn und noch so klein, das ist nicht normal!«

Dass es bei uns einfach zu wenig zu essen gab und Elliot Lebensmittel von der Wohlfahrt bezog, sagte ich ihr nicht. Das Dosenfleisch konnte ich nicht vertragen und kotzte es sofort wieder heraus. Also doch magersüchtig?

Eines Tages sagte Anna Shriver zu meinem Erstaunen zu mir: »Du bist nicht dumm. Du bist sogar gescheit, wenn du dir Mühe gibst. Du könntest Lehrerin werden.«

»Warum sollte ich Lehrerin werden?«, fragte ich sie.

»Damit du deinem Stamm helfen kannst. Indianerkinder zu unterrichten wie ich, wäre das nicht schön?«

Was soll daran schön sein, du eingebildeter Pfannkuchen!, dachte ich und erwiderte: »Nein.«

Sie wurde etwas rot im Gesicht.

»Ich weiß, dass du es nicht leicht hast, aber du solltest mehr Vertrauen haben. Ich bin doch auf deiner Seite, wirklich.«

Ich schwieg verstockt und sie seufzte.

»Was soll denn später aus dir werden?«

»Ist mir egal.«

»So«, sagte Anna Shriver und reckte den Hals, »dann wundere dich also nicht, wenn aus dir nichts wird.«

»Als ich mit sechs in ihre Klasse kam«, erzählte mir Elliot einmal, »gab sie mir einen Brief für meine Eltern mit. Sie sollten mir entweder die Zöpfe abschneiden oder mich zu Hause behalten. Meine Mutter schnitt mir das Haar akkurat hinter den Ohren weg. Ich weinte die ganze Nacht.«

Mein Vater hatte wunderschönes Haar, das fast purpurn schimmerte. Er konnte nach Alkohol stinken, völlig durchgeschwitzt sein und sich tagelang nicht waschen, aber das Haar sah immer sauber aus.

An diesem Tag war er weniger betrunken als sonst. Es war Frühling und noch kalt, Elliot hatte im Küchenherd Feuer gemacht und auch das Geschirr abgewaschen.

»Die Shriver ist eine blöde Kuh«, sagte ich.

»Du sollst nicht so von deiner Lehrerin reden«, sagte Elliot. »Übrigens habe ich gehört, dass sie geht.«

»Wohin?«, fragte ich überrascht.

»Sie geht in Rente«, sagte Elliot. Ich starrte ihn an. An diese Möglichkeit hatte ich nicht gedacht. Ich hatte immer das Gefühl gehabt, dass Anna Shriver ewig und für alle Zeiten bei uns Lehrerin blieb.

»Vielleicht kriegen wir einen jungen, hübschen Lehrer«, rief ich entzückt.

»Ein Lehrer hat nicht jung und hübsch zu sein«, erwiderte mein Vater mit gespielter Strenge. »Er hat euch etwas beizubringen.«

Ein paar Tage später erklärte uns Anne Shriver, dass sie, im Bewusstsein einer voll erfüllten Lebenspflicht, den Unterricht aus Altersgründen aufgeben müsse. Nach den Ferien würde eine neue Lehrerin die Klasse übernehmen. Keinen Lehrer also, schon wieder eine Lehrerin. Alle waren sehr enttäuscht.

2. KAPITEL

Das Dorf Beaver Creek befand sich in einer kleinen Talsohle unweit der kanadischen Grenze. Von der nächsten größeren Ortschaft aus – Clinton – führte die Landstraße einen bewaldeten Hügel hinauf. Hier verkehrten nur vereinzelt Fahrzeuge, meistens Traktoren, Geländewagen oder mit Baumstämmen beladenene Trucks. Vor dem Sägewerk wendete sich die Straße nach Süden und eine Abzweigung führte nach Beaver Creek. Die Ortschaft war klein. Es gab nur einige Straßen, eine alte Kirche, den Supermarkt, die Schule. Die meisten Blockhütten hatten Dächer aus Wellblech, aber es gab auch Häuser aus Backsteinen mit Parabolantennen. Eine Reihe Getreidespeicher, grauen Wehrtürmen ähnlich, überragte die Felder. Beaver Creek wurde fast ausschließlich von Chippewa-Indianern bewohnt und funktionierte auf seine Weise ganz gut.

Zu dem Powwow-Fest im August kamen die Teilnehmer sogar aus Calgary oder Seattle. Unsere Tänzer und Sänger waren berühmt. Es gab Indianer, die bei möglichst vielen Powwows dabei sein wollten und sich aus weiten Entfernungen nichts machten. »Urbans« nannten wir die Indianer, die in Großstädten lebten. Wir, im Reservat, waren die »Skins«. Das Tanzfest dauerte zwei Tage. Man hatte Tipis aufgestellt und ich hatte zugeschaut, wie die Männer Zeltstangen in den Boden rammten und dann über die festgepflockten Rippen Segeltuch spannten. Als alles fertig war, sah das Ganze sehr eindrucksvoll aus. Weißes Sonnenlicht zitterte auf den Tipis. Der Duft der Herdfeuer erfüllte die Luft, es roch nach Fladenbrot, gegrilltem Fleisch und Zuckerwatte. Liebliche Gerüche, denn ich wusste, dass ich an diesem Tag nicht hungern brauchte: Wo ich hinkam, wurde mir Essen angeboten. Ich überquerte die Tanzfläche, ein breiter, grasbewachsener Kreis. Gegen Osten stand die »Medizinhütte«, ein besonders schönes, mit Jagdszenen bemaltes Tipi. Die zehn heiligen Puppen hingen von den Verschnürungen der Zeltstangen herab. Nur die Anführer durften dieses Tipi betreten. Meine Mutter gehörte zum Stammesrat. Als ich acht Jahre alt war, hatte sie mich bei der Hand genommen und verstohlen in das Tipi geführt. Die Puppen waren in bunte Gewänder gekleidet, mit Federn, Adlerklauen und Türkisen geschmückt. Sie trugen Masken, schwarz oder rot, mit Augen aus Abalone-Muscheln, die merkwürdig schillerten. Ich spürte ihre besondere Macht und allein ihr Anblick erfüllte mich mit Staunen und Ehrfurcht. Sie waren die Geister der Natur, der Fruchtbarkeit und der Ernte, die Lichtbringer. Unter den schrägen Sonnenstrahlen schienen die Figuren zu atmen. Das Tipi war ein Globus, eine ganze Welt, gefüllt mit Zauber und Geheimnissen. Melanie hatte lächelnd ihren Finger auf die Lippen gelegt.

»Sag nicht, dass ich dir die Puppen gezeigt habe. Die Alten würden es nicht verstehen.«

Sie trug an jenem Tag ein prachtvolles Gewand aus Hirschleder mit langen Fransen. An dem Kleid hatte sie monatelang gearbeitet, das Leder nach traditioneller Art gegerbt und aufwendig mit Perlensträngen bestickt. Ein Kreis aus orangefarbenen und gelben Perlen in Brusthöhe stellte die Sonne dar. Rundherum erkannte man die Tiere des Waldes: Grizzlybär, Adler, Wolf, Fuchs, Otter. Beinlinge mit Fransen und Mokassins aus cremefarbenem Leder, ebenfalls mit Perlen bestickt, gehörten dazu. Ein großer Fächer aus Adlerfedern verlieh der Tracht einen besonderen Zauber.

»Diese Dinge sollst du später haben«, hatte Melanie zu mir gesagt. Sie war eine zarte Frau und oft hatte ich mich gefragt, wie sie in diesem schweren Kleid tanzen konnte, waren doch ihre Schritte stets vollkommen und anmutig. Seit ihrem Tod lag das Gewand sorgfältig zusammengelegt in einer Schublade. Ich wagte nicht, es anzurühren, obwohl ich nur in traditioneller Kleidung an den Tänzen teilnehmen konnte. Lieber verzichtete ich darauf, aus Angst vor der Erinnerung, aus Angst auch, der Sache nicht gewachsen zu sein, als Trampeltier dazustehen, mich lächerlich zu machen.

Elliot hatte ich seit Stunden nicht gesehen, er saß sicher irgendwo mit seinen Kumpanen, sternhagelvoll. Hoffentlich geriet er nicht in eine Rauferei. Schlägereien gehörten zu jedem Powwow. Dass ein Indianer den anderen umbrachte, kam allerdings selten vor. Die Weißen hatten nur wenige von uns übrig gelassen und die Überlebenden gingen schonend miteinander um. Keiner wollte einen toten Indianer auf dem Gewissen haben.

Noch war alles friedlich. Die Mittagspause zog sich bis spät in den Nachmittag hinein. Frauen und Männer nahmen sich viel Zeit, um sich zu schmücken und ihre Gewänder anzulegen. Alte Leute saßen auf Klappstühlen und plauderten, Kinder spielten, die Halbwüchsigen lungerten bei den Verkaufsbuden und Kunsthandwerkerständen herum. Ich hielt die Hände auf den Rücken, damit keiner auf die Idee kam, dass ich etwas klauen wollte. Auf einmal hörte ich hinter mir ein Rascheln von Perlen, ein leichtes Klingeln von Messingglöckchen.

»Hallo, Shana!«, sagte Alec.

Alec Black Cloud war achtzehn Jahre alt. Alle Mädchen waren scharf auf ihn, ich auch, obwohl er mich bisher wie Luft behandelt hatte. Nur manchmal, im Vorbeigehen, hatte er mir zugelächelt oder mich mit Blicken gestreift. Ich hatte nie gewusst, was ich davon halten sollte. Im Sommer hatte Alec die Highschool mit Erfolg abgeschlossen, ohne eine Klasse wiederholt zu haben, und an der staatlichen Universität in Seattle einen Studienplatz bekommen. Als Belohnung durfte er zum ersten Mal die Tänze anführen. Alec sah wirklich gut aus. Er trug ein Kostüm mit gefärbten Stachelschweinborsten bestickt, einen Federbusch auf dem Kopf und ein gelber Streifen zog sich von seinem Haaransatz über die Nase bis zum Kinn hinunter. Alec hatte ein Piercing, einen kleinen silbernen Ring in der linken Augenbraue, was ihm unverschämt gut stand.

»Warum tanzt du nicht?«, fragte er.

»Ich habe kein Kleid.«

»Und das von deiner Mutter?«

Ich schüttelte wortlos den Kopf.

Er sah mich mit zusammengekniffenen Augen an.

»Warum? Es ist doch ein schönes Kleid.«

»Ja«, sagte ich.

Je mehr ich über das Gewand nachdachte, desto mehr Einzelheiten kamen mir in den Sinn: das Grün und Dunkelrot der Perlen, die Glöckchen an den Fransen. Ich war klein für mein Alter, das Kleid würde mir bis an die Knöchel fallen.

»Sehen wir uns nachher?«, fragte Alec.

Ich spielte mit dem Zipfel meines T-Shirts, kam mir unscheinbar und linkisch vor. Warum gerade ich?, überlegte ich. Was ist an mir Besonderes? Ich hatte ein komisches Gefühl in der Magengegend.

»Wo?«, wollte ich wissen.

Er zeigte auf sein Motorrad, das auf dem Parkplatz zwischen den Pick-ups stand. Alec hatte vor drei Monaten seinen Führerschein gemacht. Er jobbte neben der Schule und zahlte jeden Monat die Raten ab.

»Gut«, sagte ich.

Wir standen nebeneinander und wussten uns plötzlich nichts mehr zu sagen. Ein paar Frauen und Mädchen kamen aus den Zelten. Es war merkwürdig, dass Frauen, die sonst in Jeans herumliefen, in traditioneller Kleidung plötzlich ganz anders auftraten. Ihre Haltung, ihre Bewegungen hatten sich verändert. Sie sahen auf einmal wie Märchenprinzessinnen aus, sogar meine Mitschülerinnen, die entweder zu dick waren oder eine Zahnspange trugen. Neben den vertrauten Gesichtern entdeckte ich plötzlich ein unbekanntes.

Die Frau war zierlich und schlank, ihr blauschwarzes Haar fiel wie ein Schal über den Rücken. Zwei Adlerfedern waren an ihrem Hinterkopf befestigt und zeigten über ihre rechte Schulter nach unten. Auf ihrem Lederkleid war eine gelb-schwarze Perlenstickerei angebracht, die einen Wolf zeigte. Dieser Wolf war kreisförmig dargestellt, so als ob er sich in den eigenen Schwanz biss. Es war ein merkwürdiges Symbol, ich sah es zum ersten Mal. Aber bei intertribalen Volksfesten traf man Leute von überall her. Manche machten regelrechte Powwow-Runden, um Auszeichnungen zu sammeln. Denn es gab viele Wettkämpfe unter den Tänzern, die mit Preisen belohnt wurden. Alec deutete auf die Frau.

»Da ist sie.«

»Wer?«

»Lela Woodland«, sagte Alec. »Deine neue Lehrerin. Sie stammt von hier, wusstest du das?«

»Nein.«

»Das Haus mit blauen Läden, das kennst du doch?«

»Unten am Fluss?«

»Genau. Das gehörte ihren Großeltern.«

Man sah es von einer Anhöhe aus durch die Bäume schimmern. Ein großes Backsteinhaus, gut erhalten, mit einer Veranda und tief gezogenem Dach, zum Schutz gegen die Stürme.

»Da wohnte lange Zeit ein Alter ...«

»Das war Frank Goddy, der Verwalter. Der ist gestorben.«

Jetzt, da Alec davon sprach, fiel es mir wieder ein.

»Früher wohnten da Leute und dann lange Zeit nicht mehr.«

»Ja, die Großeltern. Erinnerst du dich?«

»Kaum noch.«

»Sie waren viel auf Reisen, hielten sich für etwas Besseres, glaube ich. Inzwischen liegen beide auf dem Friedhof. Lelas Eltern waren richtige ›Urbans‹. Sie kamen nur in den Ferien nach Beaver Creek. Jetzt lebt die Mutter nicht mehr und der Vater wohnt in Clinton.«

»Warum nicht hier?«

»Er soll krank sein. Das Haus ist nicht das Richtige für ihn. Zu abgelegen.«

Langsam fielen mir wieder die alten Geschichten ein.

»War die Großmutter nicht Künstlerin?«

»Doch, Malerin. Eine berühmte sogar. Sie lebte in New York und ein paar Jahre auch in Europa.«

»Du weißt eine ganze Menge«, sagte ich zu Alec.

Er kniff ein Auge zu.

»Ich nicht, aber meine Mutter!«

»Ach so!«

Ich brach in Lachen aus. Fiona, Alecs Mutter, arbeitete beim Telefonamt und wusste immer alles über jeden. Melanie hatte mal behauptet, halb lachend, halb entrüstet, dass Fiona sämtliche auswärtige Gespräche mit anhörte.

»Seit wann ist Lela wieder hier?«, fragte ich.

»Seit zwei Wochen oder so. Jetzt tut es mir leid, dass ich hier nicht mehr zur Schule muss. Eine sexy Lehrerin, die hat mir immer gefehlt. Man hat sie doch täglich vor der Nase.«

»Sie sieht wirklich gut aus«, sagte ich.

»Ach, nur von Weitem.« Alec zog die Schultern hoch. »Sie ist mindestens vierzig.«

3. KAPITEL

Dann begann das Tanzfest. Zuerst bildeten alle Gruppen einen Umzug, der sich zum Klang der Trommeln zu einem großen Kreis formte. Wenn Musik ertönte – egal, welche –, bekam ich immer eine Gänsehaut. Irgendwie glaubte ich, dass die Musik das Wichtigste war, was es gab. Ich spürte die Klänge buchstäblich bis ins Knochenmark. Aber es ging mir nicht ums Tanzen, um die rhythmische Bewegung zur Musik. Tanzen würde ich auch, aber nur zum Vergnügen. Nein, Musik war etwas anderes für mich, ich konnte es nicht beschreiben. Oder vielleicht doch: Es war, als ob ich eins mit der Musik wurde. Und das Merkwürdige: Ich spürte genau, wenn der Rhythmus stimmte und wenn nicht. Manchmal kam es vor, dass Sänger eine falsche Note sangen oder die Trommler aus dem Takt gerieten. Dann fühlte ich einen feinen Schmerz, als ob mich innerlich eine Nadel stach. Musik muss genau stimmen, dachte ich, das spürt man doch, oder? Nein, die meisten spürten es nicht.

Und jetzt ertönte die Trommel und die erste Frauengruppe tanzte. Da – schon wieder die Gänsehaut! Die zwei Trommler waren Brüder und perfekt im Rhythmus. Der Gesang schwoll an. Keine falsche Note, diesmal! Ich sang innerlich mit. Ein alter Mann gab mit einer Kürbisrassel den Takt an. Über dem Chor erhob sich die Stimme der alten Rosalie, unserer besten Vorsängerin. Es war eine herbe, erdige Stimme, fast die Stimme eines Mannes, und sie folgte genau dem Rhythmus. Mein Blick fiel auf Lela Woodland. Wie schön sie war! Sie setzte den linken Fuß seitlich vor, ging leicht in die Knie, zog dann den rechten Fuß in einer fließenden Bewegung nach; sie schien die Erde kaum zu streifen und doch war ihr Tanz voller Energie. Ihre Fransen flatterten, die beiden Adlerfedern wippten im Wind. Wenn ich sie ansah, spürte ich ein besonderes Schwingen in mir. Ihr Tanz war wie Musik und ich empfand ein starkes Glücksgefühl. Bevor sich die Paare bildeten, waren jetzt die Männer an der Reihe. Alec war unter ihnen, funkelnd wie ein farbenprächtiger Vogel, wobei er die Flagge unserer Schule schwenkte. Er tanzte sehr aufrecht, fast steif, seine Beine stampften wie Keulen: ein Kreisel wirbelnder Bewegungen. Dabei spürte ich plötzlich ein leichtes Unbehagen: Alec war nicht völlig im Takt! Eigentlich schwachsinnig, dass ich mich von solchen Lappalien ablenken ließ. Aber ich konnte nichts machen, es war eben so.

Nach dem Tanzfest wusch er sich die Farbe aus dem Gesicht und vertauschte sein Kostüm gegen Jeans. Dazu trug er ein T-Shirt mit der Aufschrift »Skin-Anarchist«.

»Toll!«, meinte ich.

»Ich interessiere mich eben für Politik. Fahren wir?«

»Wohin?«, fragte ich.

»Zum Ellison's Lake«, sagte Alec. »Nach dem Powwow, da ist man in besonderer Stimmung. Als ob man Flügel hätte. Ehrlich, das ist so. Vielleicht haben wir eine Vision?«

»Du bist auf den Kopf gefallen«, sagte ich.

Er lachte und ich lachte auch.

»Du brauchst einen Helm«, sagte Alec. »Nimm meinen.«

»Und du?«

»Macht mir nichts ohne.«

Ich streifte mir den Helm über. Er kam mir schwer und beengend vor und das Glas war zerkratzt. Ich atmete den Geruch von Alecs Haut ein und spürte wieder das Kribbeln in der Magengrube. Inzwischen schob Alec die Maschine auf die Straße. Er bestieg das Motorrad und ich setzte mich hinter ihm auf den angenehm federnden Sattel. Alec drehte den Kontaktschlüssel und startete. Wir fuhren los; wegen des verschmutzten Helms war ich fast blind, ich sah die Scheinwerfer der Pick-ups wie geheimnisvolle gelbe Augen durch die Dunkelheit streifen. Der Motor summte gleichmäßig und kraftvoll, ich spürte den Wind auf meinen Armen. Manchmal, wenn Alec stärker Gas gab, knatterte und zuckte die Maschine, aber die Federung fing die Stöße gut auf. Nach etwa zehn Minuten verließ Alec die Hauptstraße und bog in einen Waldweg ein. Dunkle

Bäume und Büsche rasten dicht an uns vorbei. Nach einer Weile verlangsamte er das Tempo, fuhr etwas seitwärts und hielt vor einem Gebüsch. Als Alec den Motor abstellte und den Stützfuß senkte, schlug uns eine atemlose Stille entgegen. Ich nahm meinen Helm ab und schüttelte mein Haar. Ellison's Lake war eigentlich kein richtiger See, eher ein Tümpel, aber sehr fischreich. Am Wochenende wimmelte es hier von Anglern, die alle am Ufer saßen und stundenlang auf die Angelschnur glotzten. Ich hätte nie die Geduld dazu aufgebracht.

»Willst du angeln?«, fragte ich.

Seine weißen Zähne blitzten in der Dunkelheit.

»Nee. Lieber ein bisschen knutschen.«

Es war einfach zu wissen, woran man mit Jungen war, und ich hatte nichts dagegen. Alec reichte mir die Hand. Wir stiegen die Böschung hinunter bis an den See. Das Wasser gluckste leise. Gleich hinter den Bäumen fiel der Hang fast senkrecht ab.

Alec und ich setzten uns an einen Baumstamm. Erst nach einer Weile brach ich das Schweigen.

»Es ist ganz schön hier.«

»In der Stadt verdienen die Leute 'ne ganze Menge Kohle«, sagte Alec. »Das habe ich auch im Sinn. Aber Geld ist nicht alles. Der Wald, die Seen, die brauche ich einfach. Jedes Fleckchen der Welt, wo kein Baum wächst, ist mir zuwider. Nur Beton überall, das macht die Menschen kaputt.«

»Wirst du zurückkommen?«, fragte ich.

»In den Ferien, ja sicher. Und ich will bei jedem Powwow dabei sein.«

»Ich auch. Ich liebe Musik. Am besten gefallen mir die Trommeln. Die höre ich sogar nachts im Traum.«

Er schnalzte mit der Zunge.

»Etwas geht mir nicht aus dem Kopf.«

»Was denn?«

»Dass du nicht tanzen willst.«

»Meine Mutter ist tot.«

»Warum tanzt du nicht für sie? Das würde ihr sicher Freude machen.«

Mein Atem stockte. Der Gedanke war mir nicht gekommen. Der Ehrentanz für die Verstorbenen war eine alte Tradition.

»Aber dann muss ich es dem Komitee sagen.«

»Wo ist das Problem?«

Der Ansager würde ankündigen, dass ich für meine Mutter tanzte. Die Musiker würden ein besonderes Lied anstimmen und die Teilnehmer einen Kreis bilden, während ich eine Runde allein tanzte. Alle Augenpaare würden auf mich gerichtet sein. Da wurde jede Sekunde zur Ewigkeit.

Meine Wangen glühten.

»Ich weiß nicht, ob ich gut genug tanze.«

Er legte mir den Arm um die Schulter.

»Das schaffst du schon.«

»Vielleicht«, sagte ich schließlich.

»Bloß vielleicht?«, erwiderte er zärtlich.

Ich antwortete nicht. Alecs Hand wanderte zu meinem Nacken, unter mein Haar. Seine Finger tasteten über meine Kopfhaut, dann über meine Wangen. Langsam näherte er sein Gesicht, streichelte mich mit seinem Atem. Wir küssten uns, zuerst verhalten, dann lange und heftig, bis unsere Lippen taub wurden und pochten. Ich hatte schon ein paar Jungen geküsst, aber zu mehr war es nicht gekommen. Die Bäume standen dicht, der Nadelteppich auf dem Boden war weich und trocken. Ich sah über mir das Flirren der Sterne, ein Sprühfeuer aus Gold und Nacht. Trommelwirbel gingen durch unsere Herzen und jeder fühlte die Wärme des anderen. Als wir uns trennten, hatte ich ein merkwürdiges Gefühl; auf der einen Seite war es gut und richtig gewesen, was wir getan hatten, auf der anderen Seite wusste ich nicht einmal, ob ich in Alec verliebt war. Aber das Gefühl, das ich für ihn empfand, war aufrichtig und schön.

Die Temperatur war gesunken, wir zogen uns hastig an. Meine Finger waren steif vor Kälte. Alec drückte die Druckknöpfe meiner Jeansjacke zu.

»War es das erste Mal für dich?«

Ich nickte wortlos.

»Hat es wehgetan?«

»Nein, eigentlich nicht. Und für dich? War es auch das erste Mal?«

Er blinzelte mir zu.

»Nein, eigentlich nicht!«

Dass ich weinte, merkte ich erst, als mir eine Träne auf die Hand fiel. Ich fuhr mit dem Handrücken über mein nasses Gesicht. Alec sah betroffen aus.

»Tut mir leid, ich wollte dich nicht kränken!«

Ich wollte etwas erwidern, als Alec heftig meine Hand drückte ... »Da – was ist das?«

Aus der Ferne erscholl ein merkwürdiger Laut, eine Art lang gezogenes Schluchzen, einsam und wild. Das Heulen sank und stieg, sank tiefer, stieg höher. Es klang geisterhaft und traurig wie der Nordwind, wenn er durch Bergschluchten und vereiste Wälder streift.

»Könnte ein Hund sein«, meinte Alec. »Hat sich verlaufen, scheint mir ...«

Doch ich hatte feinere Ohren.

»Nein, so heult kein Hund. Das ist ein anderes Tier. Ein Wolf, vielleicht ...«

»Ein Wolf?«, sagte Alec. »Die wagen sich nicht in die Nähe der Dörfer.«

Das seltsame Klagen brach ab; wir lauschten mit angehaltenem Atem. Doch alles blieb still, als ob wir das Geräusch nur erfunden hatten.

»War doch ein Hund«, sagte Alec.

Er küsste mich und ich küsste ihn wieder. Es war schon fast Morgen, der Himmel war dunkel mit einem bleichen Mond, tief hinter den Bäumen. Alec fasste mich an der Hand.

»Komm, ich bringe dich nach Hause. Sonst kannst du morgen nicht tanzen.«

Ich hielt mich an seiner Schulter fest. Mein ganzer Körper schmerzte, besonders die Beine und der Bauch. Auch meine Augen waren trocken und brannten. Ich war so müde, dass ich kaum den Kopf hochhalten konnte.

»Fall nicht!«, warnte er und führte mich durch die Dunkelheit.

Überall zirpten jetzt Grillen. Das Zirpen verstummte, wenn wir vorübergingen, und begann wieder, sobald wir vorbei waren.

»Morgen tanzt du mit mir, ja?«, sagte Alec. »Womöglich gewinnen wir einen Preis!«

Ich machte ein zustimmendes Zeichen. Der Gedanke, mit Alec zu tanzen, gefiel mir. Melanie war tot, daran konnte ich nichts ändern. Aber ich konnte ihr Kleid tragen und für sie tanzen. Vielleicht machte ich ihr wirklich eine Freude damit.

4. KAPITEL

Es wurde schon hell, als Alec mich vor dem Gartentor ablud. Ich nahm den Helm ab und gab ihn Alec zurück. Wir hielten uns noch eine Weile umschlungen. Alec drückte sein Gesicht an meines.

»War schön mit dir. Bis nachher, also? Ich freue mich.«

»Ich freue mich auch«, sagte ich.

Ein leichter Wind kam auf. Bald würden die Wolken rot werden und die Mücken im Morgenlicht tanzen. Wir küssten uns ein letztes Mal. Dann stand ich da und sah zu, wie Alec den Starter betätigte und den Anlasser kickte. Das Motorrad setzte sich knatternd in Bewegung. Ich dachte, der Lärm scheucht die ganze Nachbarschaft auf, aber wenn Powwow war, hatten die Leute Verständnis. Alec fuhr an der Tankstelle vorbei, der Scheinwerfer hüpfte über den Asphalt und war einige Sekunden später verschwunden. Ich ging auf das verrostete Gartentor zu und schob mit steifen Fingern den Riegel zurück. Das Tor sprang quietschend auf. Ich stapfte die Treppenstufen hinauf, stolperte und fiel der Länge nach auf die morsche Veranda. Es gab einen dumpfen Knall. Ich rappelte mich auf, rieb mir das schmerzende Knie. Scheiße!, dachte ich. Jetzt meinen die Leute, ich wäre betrunken nach Hause gekommen. Ich schloss die Tür auf, hinkte durch die Diele. Im Haus war es still, nicht einmal die Wanduhr, die auf halb elf zeigte, obwohl es längst vier Uhr sein musste, tickte. Die Tür des Zimmers, wo Elliot schlief, war nur angelehnt. Ich stieß sie leise auf. Der Raum war stickig heiß. Trotz der Dunkelheit konnte ich sehen, dass das ungemachte Bett leer war. Ich fühlte eine tiefe, todesähnliche Traurigkeit in mir aufsteigen, eine Traurigkeit, für die ich keine Erklärung wusste. Ich schleppte mich die Treppe hinauf, zog das verschwitzte Zeug aus, duschte mich lange. Mein Knie war geschwollen und blau; ich bewegte es vorsichtig. Nicht schlimm. Ich schlurfte in mein Zimmer, warf mich im Pyjama aufs Bett. Ich wollte schlafen, aber ich brachte die Augen nicht zu. Das ganze Zimmer schien sich wie ein Karussell zu drehen. Draußen zwitscherten Vögel. Der Spalt Licht aus der Ritze zwischen Mauer und Fensterladen wurde immer heller. Ich dachte an das Kleid meiner Mutter und auf einmal hatte ich das Bedürfnis, es anzuprobieren, zu sehen, ob es mir passte, egal, wie müde und benommen ich jetzt war. Ich setzte mich hoch, stellte vorsichtig die Füße auf den Boden und ging in den kleinen Raum, wo wir die Sachen meiner Mutter aufhoben. Weder Elliot noch ich hatten jemals den Mut gefunden, die Dinge auszurangieren. Das Kleid lag in der untersten Schublade der Kommode. Leder verträgt keine eingeschlossene Luft. Ich entsann mich, dass Melanie das Kleid ein paar Mal im Jahr ausschüttelte und nach draußen hing. Dann bewegte sich das Kleid im Wind, flirrte wie eine tanzende Figur im Sonnenlicht. Jetzt, im roten Schein des anbrechenden Tages, kauerte ich mich unbeholfen nieder, zog die Schublade auf. Mein Atem setzte aus. Das Kleid war verschwunden.

Ich kniete vor der Schublade – wie lange, wusste ich nicht. Ich dachte an gar nichts, lauschte nur auf das vertraute Knarren des alten Holzhauses, auf meinen eigenen Herzschlag.

Nach einer Weile dachte ich, vielleicht hat Elliot das Kleid in eine andere Schublade gelegt oder in einen Schrank oder in einen alten Koffer. Aber ich machte mir nicht die Mühe, im Gerümpel zu suchen, denn ich wusste bereits die Wahrheit. Jemand hatte das Kleid gestohlen. Es war *mein* Kleid gewesen. Und wer es gestohlen hatte, wusste ich auch.

Ich stand lautlos auf, ging in die Küche und machte mir einen Kaffee, den ich in eine schmutzige Tasse goss. Der Kaffee war heiß, viel zu stark und schmeckte ekelhaft. Ich würgte ihn herunter, spülte mir den Mund im Spülbecken aus. Dann setzte ich mich oben auf die Treppenstufen und wartete. Jedes Mal, wenn ich mich bewegte, gab das Holz kleine, quietschende Geräusche von sich, die mir durch Mark und Bein gingen. »Sei ruhig!«, flüsterte ich, als ob das Holz ein Lebewesen wäre, zu dem ich sprechen konnte. Ich hatte das merkwürdige Gefühl, dass mein Körper sich weitete, größer und immer größer wurde wie eine Luftblase, die das ganze Haus ausfüllte.

Es war heller Tag, als Elliot nach Hause kam. Ich musste eingeduselt sein, denn plötzlich hörte ich schwere, unsichere Schritte. Ich zuckte zusammen, war in einer Sekunde hellwach. Die Haustür flog auf. Elliot torkelte in die Diele. Ich saß oberhalb der Treppe im Schatten, sodass er mich zuerst nicht sah. Er knallte die Haustür zu, wankte zum Klo, ich hörte sämtliche Geräusche. Die Klospülung zog er nicht. Dann, stur vor sich hin brummelnd, quälte er sich die Treppe hinauf, zwei Schritte für jede Stufe. Auf einmal erblickte er mich, blieb stehen. Seine Haare waren zerzaust, das schmutzige Hemd klebte an seinem Körper und verlieh ihm ein lächerliches Aussehen. Ich roch den süßlichen Geruch seines Erbrochenen.

»He, was machst du da?«, lallte er.

»Wo ist mein Kleid?«, fragte ich.

Er hielt sich am Geländer fest.

»Dein Kleid? Welches Kleid?«

»Melanies Festkleid. Es gehört jetzt mir.«

»Dir?« Er kniff die Augen zusammen. »Wer hat das gesagt?«

Ich hob herausfordernd den Kopf.

»Melanie. Und ich will es jetzt haben. Ich tanze heute für sie.«

Er rieb sich mit den Händen übers Gesicht, sein ganzer Körper zitterte. Er schien unfähig, auch nur einen Ton über die Lippen zu bringen.

Ich richtete mich auf. Da ich drei Stufen höher stand und er mich von unten sah, war mir, als sei ich fast doppelt so groß. Dass ich noch stärker zitterte als er, merkte er wahrscheinlich nicht.

»Wo ist das Kleid?«

Unbarmherzig betonte ich jede Silbe. Elliot schluckte würgend. Das erbärmliche Grinsen eines Einfältigen, eines Idioten, verzerrte sein Gesicht.

»Verkauft«, sagte er. »Ich habe es verkauft. Ich brauchte Geld. Musste einem Kumpel was zurückzahlen.«

Schweigen. Ich hatte das Gefühl, dass mein Kopf wie eine Rassel hin und her schlug. Endlich konnte ich sprechen. Ich fragte: »Wem hast du es verkauft?«

»Einem Urban. Und der ist weg.« Elliot murmelte schwerzüngig vor sich hin, aber das Echo seiner Worte setzte sich in meinen Ohren für alle Ewigkeit fest. »Die Leute von hier, die haben Melanie tanzen gesehen. Die hätten das Kleid nie gekauft.«

»Nein«, flüsterte ich rau.

Er atmete gepresst, kratzte sich die schwitzende Brust.

»Was ich sagen wollte … am besten, du denkst nicht mehr daran. Deine Mutter, sie ist ja nicht mehr da.«

»Doch«, erwiderte ich.

»Wie?«, knurrte er.

Ich schluckte schwer.

»Doch, sie ist da. Sie hört und sieht alles.«

Es waren die einzigen sicheren Worte, die mir einfielen. Elliot fuhr sich mit dem Ellbogen über die nasse Stirn, atmete laut durch die Nase.

»Hatte Probleme«, sagte er tonlos. »Bin reingeschliddert. Musste zahlen …«

Er zog sich mühsam am Geländer hoch, bis er dicht unter mir stand. Er streckte die Hand aus, um mir über den Kopf zu streichen. Sein Gesicht war klebrig und verzerrt.

»Shana, es tut mir leid, ehrlich. Wenn ich gewusst hätte …«

Aus dem Schmerz in mir keimte verzweifelte Wut. Ich fühlte nur noch Zorn, grenzenlos bitteren Zorn, wie ich es nie für möglich gehalten hätte. Ich wich ihm aus, sprang hastig zurück.

»Rühr mich nicht an!«, schrie ich. »Du … du hast …«

Meine Stimme brach, heftiges, unbeherrschtes Schluchzen stieg in mir hoch. Durch den Tränenschleier verschwamm Elliots Gesicht vor meinen Augen, wurde zu einem undeutlichen Fleck. Ich holte tief Luft, würgte mit äußerster Anstrengung die Tränen hinunter. Als ich wieder sprach, kannte ich meine Stimme nicht wieder. Sie war wie die einer Fremden, spröde, dumpf und meilenfern.

»Das hättest du nicht tun sollen, Elliot. Melanie wird traurig sein. Sie hatte nicht alles mitgenommen, siehst du. Sie hatte etwas von sich selbst in das Kleid eingewebt, für mich. Und jetzt werde ich nie für sie tanzen können.«

Er wandte stumm das Gesicht ab. Die schweren Lider bedeckten halb die Pupillen, die aus dem Winkel der feuchten Augen hervorglänzten.

»Shana, mein Mädchen …«, stieß er hervor.

Doch ich ließ ihn nicht ausreden. Was immer er sagen wollte, es war ohne Bedeutung. Ich wirbelte herum, lief die Stufen hinauf, stolperte tränenblind über den ausgefransten Quiltvorleger. Ich rannte in mein Zimmer, knallte die Tür zu und drehte den Schlüssel. Die Beine gaben unter mir nach. Keuchend ließ ich mich auf den Fußboden nieder; ich lehnte den Rücken an die Wand, zog die Knie an und hielt sie mit beiden Armen fest umschlungen. Die Sonne leuchtete durch die Scheiben. Der Himmel war blau und klar, es würde ein schöner Tag werden. Ein Tag, auf den ich mich gefreut hatte. Langsam schaukelte ich vor und zurück und spürte im hellen Sonnenschein, wie das kleine Zimmer immer kälter wurde.

Ich trieb mich auf der Festwiese herum, dort wo das Essen verteilt wurde. Ein halbes Dutzend lange Tische war mit Speisen bedeckt. Die Alten saßen satt und zufrieden auf ihren Klappstühlen, fächelten sich Kühlung zu und dösten, während sich die Tänzer bereitmachten. Mir wurde es vor Hunger schwarz vor den Augen, mein Magen war mit kalter Luft gefüllt, ich zitterte bis in die Fingerspitzen. Die alte Maggie Benjamin, die mich seit einer Weile sorgenvoll beobachtete, winkte mir zu.

»Du siehst schlecht aus, Shana. Zu wenig geschlafen?«

Ich schwieg und schielte auf die Speisen. Das Wasser lief mir im Mund zusammen. Maggie seufzte, füllte einen Pappteller mit Kartoffelsalat und einem Stück Brathuhn und wies auf einen freien Klappstuhl. Ich bedankte mich, stopfte den Kartoffelsalat in mich hinein, nagte jeden Knochen ab. Maggie sah zu, wobei sie brummend mit dem Kopf nickte. Als ich den Teller leer gegessen hatte, schnitt sie eine Schokoladentorte für mich an und gab mir eine Tasse Kaffee, die zur Hälfte aus Milch und Zucker bestand. Danach fühlte ich mich besser. Mein Zittern ließ nach. Höchste Zeit jetzt, dass ich mich verdrückte. Aber da sah ich schon Alec, der mir ein Zeichen gab. Die Hitze schoss mir ins Gesicht. Zu spät! Ich konnte nicht mehr davonlaufen. Alec trug bereits sein prächtiges Kostüm und die Linie auf seiner Stirn und Nase war kobaltblau. Unter jedem Auge war ein dunkelblauer Tupfer mit orangeroten Strahlen gemalt. Indianer lieben es, sich schön zu machen, und Alec sah wirklich großartig aus. Unter den bewundernden Blicken sämtlicher Mädchen, seiner Wirkung voll bewusst, schritt er gelassen auf mich zu. Eine lähmende Stumpfheit senkte sich auf mich herab wie Nebel. Ich wollte verschwinden, mich in Luft auflösen, nicht mehr da sein. Doch ich saß auf dem Klappstuhl, saß einfach da und rührte mich nicht, bis Alec dicht vor mir stand und ich seine Stimme hörte.

»He, Shana, ich habe schon mit einer Frau vom Komitee geredet. Die Sache ist okay. Wann ziehst du dich um?«

Ich bemerkte, dass ich Schokoladenflecken auf dem T-

Shirt hatte, dass ich ungekämmt war und nach Schweiß roch. Und außerdem hatte ich Bauchweh, die Torte war nicht gut gewesen, wahrscheinlich stand sie schon zu lange in der Sonne.

»Ich tanze nicht«, sagte ich

Er runzelte die Brauen, die dicht und lang wie Federn waren, hockte sich auf die Fersen, um mir ins Gesicht zu blicken.

»Warum nicht?«, fragte er sanft. »Bist du mir böse?«

Die Bauchschmerzen waren nicht auszuhalten. Ich krümmte mich auf dem Klappstuhl. Ich konnte ihm die Wahrheit nicht sagen, es ging einfach nicht. Es war zu widerlich, zu demütigend. Ich hob nur kurz die Augen.

»Geh weg«, zischte ich.

Er blickte verständnislos und besorgt.

»Was hast du? Ist dir nicht gut? Hör zu, es dauert noch eine Weile, bis alle bereit sind. Du hast noch genug Zeit …«

Ich schüttelte den Kopf, dass die Haare flogen. Wann ging er bloß? Er sollte mich doch endlich allein lassen!

»Ich habe gesagt, nein.«

Meine Stimme klang schrill. Er starrte mich fassungslos an, bevor er kurz und bitter auflachte.

»Ich sehe schon, du hast Angst«, sagte er, mit leichter Verachtung.

»Nein!«, zischte ich.

»Wetten, dass es das ist!«

»Es ist mir gleich, was du denkst.«

»Dann liegt es daran, dass du mir böse bist.«

Ich drehte stumm das Gesicht von ihm weg.

»Also«, sagte er, »wir können doch davon reden, oder? Warum bist du so?«

Ich beobachtete ihn aus den Augenwinkeln heraus und sah, dass er mich unverwandt anstarrte.

»Lass mich in Ruhe!«, sagte ich tonlos.

Er beugte sich vor, legte seine Hand auf mein Knie; ich zuckte heftig zusammen.

»Da ist etwas nicht normal mit dir. Hat dir einer dieser Schweine vielleicht Stoff angedreht, he?«

Es gab einige Schüler, die Koks schnupften. Alle wussten, wer dazugehörte, bloß die Eltern nicht. Vor den Eltern hatte jeder Schüler eine Menge Respekt, das war indianische Tradition. Aber ich hatte keinen Respekt vor meinem Vater. Keinen Funken Respekt mehr. Bloß noch Verachtung. Mein Vater machte mir Schande, das war das Allerschlimmste, das ich keinem erzählen konnte, auch Alec nicht, besonders nicht Alec. Die Bauchschmerzen wurden stärker, ich wiegte mich stöhnend hin und her. »Hilf mir!«, rief ich Alec im Geiste zu. »Lass mich nicht in Stich, ich brauche dich jetzt so sehr!« Stattdessen sagte ich mit harter Stimme: »Verschwinde!«

Er erhob sich, eine weiche, fließende Bewegung. Sein Gesicht war steinern geworden. Er holte tief Luft.

»Okay«, sagte er ruhig »Ich weiß genau, dass du mir böse bist. Ich habe bloß gedacht, dass du und ich … Na gut, reden wir nicht mehr davon. Ich will dir ja nicht auf die Nerven gehen. Und ich lasse mir auch den Tag nicht vermiesen.«

Und dann ging er. Ich saß da wie ein Ölgötze und bemerkte, wie mich Maggie Benjamin verstohlen von der Seite musterte. Alte Frauen merkten immer alles. Hoffentlich hatte sie nicht die Absicht, sich einzumischen. Ich stand ungeschickt auf, der Klappstuhl fiel um. Ich hob ihn umständlich auf, lehnte ihn an die Wand und machte mich davon.

Als die Tänze begannen und die Trommeln im richtigen Takt schlugen, stand ich hinter der Lautsprecheranlage und sah zu, wie Alec tanzte. Er bildete mit einem Mädchen das zweite Paar hinter den beiden Vortänzern. Das Mädchen hieß Donatella; sie war zur Hälfte Italienerin und war besonders hübsch. Aber sie tanzt wie eine Kuh, dachte ich, verzweifelt und wütend. Und diese Locken, einfach grässlich! Donatellas Kleid war bunt bestickt – grell und geschmacklos, fand ich. Die Fransen, genau über ihren üppigen Busen genäht, wippten im Takt. Trug sie denn keinen Büstenhalter? Bei dieser Oberweite! Alec lachte sie an und auf einmal war ich selbst Donatella. Ich tanzte mit Alec im Sonnenschein, meine Schritte waren weich, geschmeidig, mein Fächer aus Adlerfedern war lebendig und stark in meiner Hand. Wir wirbelten und stampften im Rhythmus der Musik und es war der schönste Tag meines Lebens.

Ganz plötzlich schwiegen die Trommeln. Mit einem Ruck fand ich wieder zu mir selbst, wider Willen in meiner schwitzenden Haut gefangen. Alle setzten sich zum Ausruhen auf Bänke, Alec holte eine Cola für Donatella. Beide unterhielten sich lachend und etwas atemlos. Ich drehte ihnen den Rücken zu, ging zum Klo, wo ich eine Weile Schlange stand. Ich hatte Durchfall. Das Bauchweh ging nicht weg, ich fühlte mich erbärmlich. Mit hängendem Kopf ging ich auf den Parkplatz zu. Die Scheiben der Geländewagen spiegelten die Sonne wieder, es war entsetzlich heiß. Ich hörte eine Wagentür zuschlagen und wandte den Kopf. Eine Frau kam auf mich zu. An der eigentümlichen Wolfstickerei auf ihrem Kleid erkannte ich die neue Lehrerin. Alec hatte gesagt, dass sie nur von Weitem gut aussah, und das stimmte irgendwie. Sie hatte feine Falten im Gesicht und schon einige weiße Fäden im Haar. Doch sie hatte einen ganz besonderen Gang, wiegte sich leicht in den Hüften und hielt sich so gerade, dass sie fast ein hohles Kreuz zu haben schien. Ich lehnte mich gegen einen Wagen, um sie vorbeizulassen. Sie lächelte mir dankend zu. Ihr Blick verweilte kurz auf mir; ihre Augen waren nicht braun, nicht schwarz, sondern vollkommen golden. Nie hatte ich solche Augen gesehen. Fasziniert und unhöflich zugleich sah ich ihr ins Gesicht. Ich hatte das Gefühl, dass dieser ruhige, starre Blick sich messerscharf in mich hineinbohrte. Ich presste mich enger an das glühende Blech, sie ging weiter und das war alles. Und später, als einige Jugendliche begannen, mit Abfallsäcken herumzugehen und das Gelände zu säubern, und die Teilnehmer zu ihren Pick-ups gingen, sah ich Alec und Donatella auf dem Motorrad wegfahren. Beide hatten sich umgezogen. Donatella trug ein ärmelloses Top, knallenge Jeans und Pumps mit hohen Absätzen. Wahrhaft ideal für einen Waldspaziergang im Mondschein, dachte ich. Hoffentlich verrenkt sie sich die Knöchel.

Später in der Nacht wanderte ich die Straße entlang, wo die letzten Autos vorbeifuhren. Am Waldrand fand ich einen ruhigen Platz, warf mich ins warme Gras und sah die Sterne glitzern. Und auf einmal hörte ich es wieder, dieses lang gezogene, unglaublich traurige Heulen. Es klang wie das Echo meiner eigenen Qual, als ob das unbekannte Tier meine Verzweiflung teilte. Ich entsann mich an die Geistergeschichten meiner Kindheit. Mir wurde ganz schwindlig und einen Moment hoffte ich schon, ich sei tot. Ich schnappte keuchend nach Luft, antwortete dem fernen Geheul mit einem lauten, krampfhaften Schrei, der in heftiges Schluchzen überging. Ich weinte, den ganzen Körper vor Schmerz geschüttelt. Und als ich alle Tränen geweint hatte und mein Zittern sich beruhigte, merkte ich, dass das Tier – was immer es gewesen sein mochte – schwieg. Das Schreien hatte befreiend gewirkt, ich atmete ruhiger. Mit der Entspannung kam ein Gefühl des Absinkens. Ich schlief eine Weile, doch nicht lange. Ich erwachte in völliger Dunkelheit, schlotternd vor Kälte. Steif richtete ich mich hoch, setzte ungeschickt einen Fuß vor den anderen und begann, in Richtung Dorf zurückzulaufen.

5. KAPITEL

Der Sommer ging vorbei, irgendwie. Mit meinem Vater sprach ich nicht mehr. Man kann mit einem Menschen unter einem Dach leben, ohne von ihm Notiz zu nehmen. Man muss nur aus dem Zimmer gehen, wenn er kommt, morgens nicht zu gleicher Stunde aufstehen, nicht zur gleichen Zeit essen. Elliot spülte sein schmutziges Geschirr, kratzte die Töpfe aus, kümmerte sich um seine Wäsche. Er wusste, dass ich für ihn keinen Finger gerührt hätte. Elliot saß vor der Glotze, ich verdrückte mich in mein Zimmer und las. Die Bücher holte ich mir aus der Bibliothek. Ich faulenzte, schlief oder verlor mich in Tagträumen. Alec war schon in Seattle. Ob er sich noch mit Donatella traf, wusste ich nicht. Es war mir auch egal. Ich jedenfalls würde nie den Mut aufbringen, ihm jemals wieder vor die Augen zu treten. Ich schämte mich viel zu sehr. Ich hatte ohnehin den Eindruck, dass alle Leute mich komisch anstarrten. Es konnte ja sein, dass Elliot die Geschichte in der Kneipe erzählt hatte und jeder im Dorf Bescheid wusste. Ich wagte mich kaum noch auf die Straße. Entsetzlich.

September. Schulanfang. Ein paar Lehrer teilten sich die oberen Klassen. Lela Woodland würde bei uns Sozialkunde, Literatur und Musik unterrichten. Ich hatte Lela nach diesem unglückseligen Powwow nicht mehr gesehen und wäre ihr am liebsten nie mehr begegnet. Ich wollte alles, was mit dieser Geschichte zusammenhing, aus meinem Gedächtnis streichen. Aber als sie in die Klasse kam und ihre merkwürdigen goldfarbenen Augen auf mich richtete, wurde mir klar, dass sie mich total vergessen hatte. Ich war ein Stück gewachsen, trug mein Haar jetzt schulterlang. Sauber wollte ich aussehen, gut gekämmt, damit sie mich nicht erkannte. Es schien, dass es mir gelungen war. Wir waren eine kleine Klasse, fünfzehn Halbwüchsige, mehr oder weniger interessiert, aber von den Eltern dazu erzogen, sich in Gegenwart von Erwachsenen ruhig zu verhalten. Randalieren entsprach nicht unserer Art, wir neigten mehr zur Selbstzerstörung.

Bisher war es in der Schule stinklangweilig gewesen. Ich hätte nicht sagen können, warum es bei Lela anders war. Sie war nicht unsere einzige indianische Lehrerin, aber sie hatte ein geheimnisvolles Gesicht, das zu sagen schien: »Ich achte euch, aber ich verlange von euch mir gegenüber die gleiche Achtung.« Sie saß selten am Pult wie die anderen Lehrer, sondern ging mit weichen Schritten vor der Tafel auf und ab, immer in Bewegung, sehr leichtfüßig. Das Haar trug sie beim Unterricht zu einem langen Zopf geflochten. Ihre Stimme war sehr tief, so wie ein ganz tiefer Glockenton. Eine dunkle Stimme, deren Schwingungen merkwürdig auf meiner Haut prickelten. Sie brauchte nie laut zu werden. Trotzdem herrschte aufmerksame Stille in der Klasse. Lela sprach von Homer, Shakespeare und Walter Noble Burns. Sie las uns Jorge Luis Borges vor, wobei uns die »Geschichte von den zweien, die träumten«, am meisten Spaß machte. Lela erzählte uns das Leben dieser Autoren, brachte uns die Zeit näher, in der sie gelebt hatten. Sie sprach von der geistigen Freiheit, von der Macht der Worte.

»Worte sind Träger der Freiheit und der Auflehnung. Sie lösen Freude oder Ergriffenheit aus, verursachen Liebe, Hass oder Schmerz. Sie können auch das Böse erwecken, ihm Wesen, Gestalt und Leben verleihen. Bösartigen Worten müssen wir die Kraft der gutartigen Worte entgegensetzen. Oder die Kraft der Musik.«

So kam es oft vor, dass sich die Diskussion von der Literatur entfernte, in Politik, Philosophie oder Religion abschweifte. Und irgendwann, da spürten wir es ganz deutlich: Der Funke war übergesprungen. Wir vertrauten Lela, wussten, dass sie uns ernst nahm. Klar waren manche von uns nicht bei der Sache. Aber sie brachte uns zum Nachdenken, die Bruchstücke, die wir aufschnappten, formten in unserem Kopf eine Art Puzzle, das sich allmählich, ohne dass wir es merkten, zu klar erfassbaren Bildern zusammensetzte.

Eines Tages las uns Lela einen Text von Vine Deloria vor: »Es ist nicht wichtig, dass es nur noch eine halbe Million von uns Indianern gibt. Wichtig ist allein, dass wir eine überlegene Lebensweise haben. Unsere Ideen werden eure Ideen besiegen. Wir werden das Wertesystem dieses Landes in Fetzen reißen. Wir Indianer werden diesem Land zeigen, wie man menschlich denkt, menschlich handelt. Welches ist der höchste Wert im menschlichen Leben? An dieser Frage wird sich alles entscheiden!« Sie hob den Kopf und sah in die Klasse. »Nun? Was glaubt ihr? Welches ist der höchste Wert im menschlichen Leben?«

Es war halb zwölf, ein paar knurrte schon der Magen. Scott grinste und murmelte: »Das Mittagessen!« Scott hatte immer einen Witz parat. Lela sah gleichgültig über ihn hinweg.

»Simon?«

Simon nahm hastig seinen Kaugummi aus dem Mund.

»Ähm ... Ehrlichkeit?«

»Ich lasse es gelten«, sagte Lela. »Will noch jemand etwas anderes sagen? «

Angeline hob die Hand.

»Freundschaft?«

Lela nickte ihr zu.

»Freundschaft zwischen den Menschen ist eine Art des Umgangs miteinander. Sie ist die Möglichkeit, einander Dinge ohne Angst zu sagen. Ja, Freundschaft ist wichtig. Aber sucht weiter!«

Kenny drehte den Kopf so, dass er mit einem Auge zur Lehrerin und mit dem anderen zu Boden schielte.

»Ich denke, Frieden?«

Sie lächelte ihn an.

»Friede ist, wenn wir richtig handeln und wenn zwischen jedem Einzelnen und jedem Volk Gerechtigkeit herrscht. Aber Friede entsteht nur, wenn wir den höchsten Wert im menschlichen Leben beachten.«

Ich hob die Hand, zog sie gleich wieder zurück. Aber Lela hatte die Geste gesehen.

»Ja, Shana? Was meinst du?«

Meine Kehle war trocken, als ob ich Sand geschluckt hatte. Alle starrten mich an. Ich konnte keine Sekunde mehr warten, sonst lachte die ganze Klasse.

»Liebe?«, flüsterte ich rau.

Natürlich kicherten ein paar im Hintergrund, doch Lela beachtete sie nicht. Sie sah mich an und ihr Blick erfüllte mein Herz mit Wärme.

»Ja, die Liebe ist der höchste Wert im menschlichen Leben. Ohne Liebe sterben wir. Die Liebe ist alles, was die Menschen menschlich macht. Unser Land wurde ohne Liebe erobert. Wir müssen diesem Land die Liebe zurückgeben, die ihm genommen wurde.«

»Wie?«, fragte Lucy.

»Indem wir gut zueinander sind«, sagte Lela. »Das Leben ist kein Videogame. Es ist überhaupt nicht ›fun‹, irgendeinem Lebewesen Schmerzen zuzufügen. Es ist überaus beschämend. Statt vor einer Kultur der Gewalt zu katzbuckeln, sollten wir unsere Mutter, die Erde, lieben und Menschen und Tieren mit Respekt begegnen. Niemandem Schmerzen zufügen, niemandem schaden, das klingt einfach, nicht? Fast kindlich. Aber wendet diese Grundregel an, ihr werdet bald sehen, wie schwierig sie ist!«

Später, auf dem Weg nach Hause, kam mir ein seltsamer und unbequemer Gedanke. Warum hatte ich meinen Vater damals geschont? Warum hatte ich ihn vor Alec nicht bloßgestellt? Nur weil ich mich schämte? Oder war etwas anderes im Spiel? Etwas, das ich kaum zu benennen wagte und irgendwie mit dem zusammenhing, was Lela gesagt hatte. Konnte es sich, auf irgendeine verdrehte Art, um Liebe handeln? Der Gedanke kam mir so albern und widersinnig vor, dass ich ihn einfach nicht weiterdachte; aber er tauchte immer wieder auf und ließ sich nicht verdrängen.

6. KAPITEL

Im Musikunterricht änderte sich vorerst nicht viel. Noten lesen konnten wir, einige spielten Flöte, andere Schlagzeug. Calvin spielte Klarinette und war für sein Alter ein guter Bassist. Einige standen mehr auf Hip-Hop, wir hatten zwei besessene Rapper und Karaoke mochten eigentlich alle. Simon spielte Klavier, mit Vorliebe und viel Gefühl immer dasselbe Stück: »Für Elise«, was bei uns ein ständiges Gelächter auslöste.

»Elise, wo ist Elise?«, schrien wir dann in alle Richtungen. »Elise, komm schnell, Simon spielt für dich!«

Oft legten wir auch Powwow-Kassetten auf und tanzten dazu. Die Lehrer machten mit und so war der Musikunterricht immer lustig, aber viel zu kurz. Wir waren für Neuigkeiten stets zu haben und wunderten uns nicht, als Lela eines Morgens eine Geige mitbrachte. »Wegen Elise«, sagte sie im beiläufigen Ton. Wir starrten sie an und sie grinste.

»Wenn Simon immer nur Beethoven spielt, kann ich ja mal Paganini spielen.«

»Wer ist dieser Papanono?«, fragte Scott.

»Das wirst du gleich hören«, sagte Lela.

Wir standen neugierig um sie herum. Sie legte den

Geigenkasten auf das Pult und öffnete mit einem feinen, metallischen Schnappen das Schloss. Sie hob den Deckel hoch, der etwas abgewetzt war, und das Sonnenlicht fiel auf das glänzende Innere des Kastens. Er war mit dunkelgrünem Plüsch ausgeschlagen. Die Geige war dunkel, so dunkel wie Mahagoni, mit einem rötlichen Schein. Sie hatte eine kleine Verzierung, die irgendeinen Kopf darstellte, was mir seltsam vorkam.

Simon fragte voller Ehrfurcht: »Mrs Woodland, haben Sie Konzerte gegeben?«

Sie zeigte ihr tiefgründiges Lächeln.

»Ja, selbstverständlich. Ich war drei Jahre lang auf der Musikhochschule in Vancouver.«

Die Schüler pfiffen anerkennend.

»Waren Sie gut?«, platzte Cecile heraus.

»Ich war die Beste.«

Lela sagte es schlicht, ohne die geringste Überheblichkeit. Sie stellte einfach eine Tatsache fest.

»Kurz vor meinem ersten Auftritt als Solistin ging ich Schlittschuhlaufen. Ich fiel auf das Eis und brach mir das linke Handgelenk.«

Betretenes Schweigen. Wir blickten alle auf ihr Handgelenk und Kenny rief: »Man sieht ja überhaupt nichts mehr!«

»Natürlich nicht.« Lelas Stimme klang völlig gelassen. »Der Bruch ist längst verheilt. Es blieb nur eine geringfügige Steifheit zurück. Aber eine Karriere als Berufsmusikerin konnte ich mir aus dem Kopf schlagen.«

»Warum?«, fragte ich.

Sie seufzte ein wenig.

»Wer sich mit Musik befasst, merkt es.«

Wir schwiegen betreten. Sie sagte: »Deswegen bin ich Lehrerin geworden.«

»Und die Musik?«, fragte Simon. »Die war doch wichtig für Sie ...«

Lelas Blick wurde dunkel und fern.

»Sie war mein Leben.«

»Und heute?«, fragte ich. »Spielen Sie überhaupt nicht mehr?«

Sie lächelte mich an. Ihr Gesicht war wieder ganz heiter.

»Doch, natürlich. Ich spiele Solostücke bei lokalen Veranstaltungen. Ich gebe auch Geigenunterricht. Und natürlich spiele ich zu meinem Vergnügen.«

Scott legte den Kopf schief.

»Macht das Spaß?«

Lela schmunzelte.

»Es kommt darauf an, was du unter Spaß verstehst!«

»Und dann?«, fragte Angelina.

»Dann kommt Papanono«, sagte Scott mit Grabesstimme und alle brachen in Lachen aus.

Ich starrte auf die Geige. Ein Schauer rieselte meine Haut entlang, ein geradezu aufwühlendes Prickeln. Etwas hatte begonnen, genau in diesem Augenblick. Ich beobachtete Lela, wie sie die Geige aus dem Kasten nahm. Eindringlicher, als es Worte vermögen, drückten ihre Hände und Arme das Wort Liebe aus. Alle saßen jetzt still. Lelas Gebärden, zart und anmutig, faszinierten uns. Plötzlich zuckte ein kurzes, scharfes Lächeln um ihren Mund. Sie benutzte jetzt die Geige, indem sie mit den Fingern auf den Resonanzboden klopfte, als Trommel.

»Ich werde jetzt ein wenig bluffen. Das liegt euch doch, oder?«

Keiner rührte sich. Sie machte es spannend. Wir saßen da wie Hühner auf einer Stange. Zu Beginn streckte Lela den Bogen hoch in die Luft, als wäre er ein Handbesen, mit dem sie Spinnweben von der Decke fegen wollte. Wir folgten ihren Bewegungen mit offenem Mund. Dann zupfte sie ein paar Mal an den Saiten, erzeugte ein tiefes, klangvolles Brummen. Sie runzelte die Brauen, zog hier etwas, drehte da etwas. Wir warteten. Endlich klemmte Lela die Geige unter ihr Kinn. Und schlagartig geschah eine Verwandlung mit ihr, eine Veränderung, die sich von innen her auf ihr Äußeres übertrug. Mit einer Bewegung, kraftvoll und selbstsicher, strich der Bogen über die Saiten. Was war das? Was geschah? Ohne die geringste Unsicherheit, ohne sichtbare Mühe schwirrten die Töne unter ihren Fingern hervor wie Vögel im Morgenlicht. Lela spielte ohne Noten, mit steigender Geschwindigkeit. Die Vögel stiegen empor, in einer völlig natürlichen Bahn, als müsse es einfach so sein, hinauf, hindurch, flügelschlagend, kreischend. Mein Geist schoss mit ihnen aufwärts, in Kaskaden des Jubels, in Flammen und Licht, zu einem Punkt am Ende des Himmels. Und dann, als die Musik völlig aus den Fugen zu geraten schien, schwang Lela den Bogen hoch über sich, während sie laut den Atem auspresste und ihn in einer blitzschnellen genauen Bewegung auf die Saiten hinunterbrachte und das Spiel fortsetzte.

Und dann war alles vorbei. Lela senkte den Bogen, die letzten Noten verklangen, hinterließen eine Vibration in meinem Kopf wie verglühende Funken. Lelas Gesicht war abwesend. Ihre Augen blickten uns an und doch durch uns hindurch. Langsam, ganz langsam, kam ich wieder zu mir; mein Geist schien nach unten zu schweben, um sich mit meinem Körper wieder zu vereinen. Auch die Schüler lösten sich aus ihrer Erstarrung, sie bewegten sich, hüstelten verlegen. Scott brach als Erster das Schweigen.

»Wer war dieser … äh … wie hieß er noch gleich? Der Typ mit dem komischen Namen?«

»Paganini«, erwiderte Lela. »Er war Italiener und lebte im 19. Jahrhundert. Man sagt, er war der beste Geigenspieler aller Zeiten. Er hat viel komponiert. Und immer nur die schwierigsten Stücke. Leichte Partituren machten ihm keinen Spaß. Dieses Stück heißt ›gli Streghe‹ – die Geister. Man sagte, dass der Teufel selbst seinen Bogen führte.«

Kenny grinste.

»Das sagen die Weißen auch, wenn wir die Trommel schlagen.«

Lela machte ein bejahendes Zeichen.

»Es gibt viele Dummköpfe auf der Welt, da hat sich bis heute nichts geändert. Dass manche Dinge nicht so stimmen, wie es die Religionen lehren, beunruhigt einfache Gemüter.«

»Dieser Paganini, der war wie einer von uns«, stellte Lucy sachlich fest und alle nickten.

»Sie spielen wirklich großartig«, meinte Simon.

Sie zog kurz die Lippen hoch, ein schmerzvolles Zucken ging um ihren Mund.

»Ich spiele nicht großartig. Ich spiele gut. Aber gut ist nicht genug.«

Sie legte das Instrument in den Kasten zurück, mit den gleichen liebevollen und präzisen Gesten.

»Wo haben Sie die Geige gekauft?«, fragte Lucy.

»Sie gehörte meiner Großmutter«, antwortete Lela.

»Die muss viel Geld gekostet haben«, meinte Kenny.

Lela erwiderte, dass sie es nicht wisse.

»Das war vor fünfzig Jahren. Sie hat sie aus Italien mitgebracht.«

»Werden Sie uns wieder etwas vorspielen?«, fragte Simon.

Sie blinzelte amüsiert.

»Wenn ihr es ausdrücklich wünscht. Und wenn ich in Stimmung dazu bin.«

»Können Sie uns das Geigenspiel beibringen?«

Die Frage kam von Kenny. Lela nickte ihm zu.

»Aber sicher. Bloß weiß ich nicht, ob ihr Lust dazu habt.«

Kenny zögerte, bewegte den Kopf hin und her.

»Kommt darauf an.«

»Die Frage ist, ob ihr bereit seid zu üben. Das Üben ist

die Fortsetzung des Unterrichts. Dazu braucht ihr ein eigenes Instrument. Übungsgeigen müssen nicht teuer sein. Aber bist du bereit, täglich zu üben? Kannst du alles vergessen und nur an deine Geige denken?«

»Weiß nicht.« Kenny zog die Schultern hoch. »Ich spiele gerne Basketball.«

»Siehst du?«, sagte Lela. »Du hast andere Dinge, die dich mehr interessieren. Aber eine Geige und andere Dinge, das geht nicht. Zumindest nicht am Anfang.«

Die Schüler blickten nachdenklich. Die Begeisterung war merklich abgekühlt. Inzwischen legte Joe eine CD auf und plötzlich dröhnten die Powwow-Trommeln in voller Lautstärke durch den Raum. Sofort klatschten alle begeistert im Rhythmus. Angelina und Scott begannen zu tanzen. Vom Geigenspiel sprach keiner mehr.

Nach der Stunde wartete ich, bis alle draußen waren. Ich stand einfach da und sagte kein Wort, bis Lela mich bemerkte und sich mir zuwandte.

»Ja, Shana, was ist?«

Ich schluckte mühsam.

»Bitte, Mrs Woodland, ich möchte lernen, wie man Geige spielt.«

7. KAPITEL

Sie betrachtete mich mit ihrem eigentümlichen Blick. Neugierig, kritisch, abschätzend. Dann gab sie mir ein Zeichen, ich solle mich setzen. Sie setzte sich mir gegenüber auf den Klavierhocker, den sie beim Sprechen langsam hin und her drehte.

»Wie kommst du darauf?«

Ich zwirbelte eine Strähne um meinen Finger.

»Die Geister«, sagte ich.

Sie hatte einen fragenden Ausdruck im Gesicht.

»Sie kamen wie Vögel«, sagte ich leise. »Sie waren überall. Es sah schön aus.«

Sie runzelte leicht die Brauen

»Du willst sagen, es hörte sich schön an?«

»Nein, es sah schön aus.«

Die bernsteinfarbenen Augen ließen von mir nicht ab. Auf ihrer Wange war ein Schatten, als lächelte sie.

»Tja, bevor es schön aussieht, musst du viel üben.«

»Das macht nichts.«

»Hast du eine eigene Geige?«

Daran hatte ich nicht gedacht. Mein Herz krampfte sich zusammen.

»In den Ferien arbeite ich an der Tankstelle. Ich spare

das Geld und kaufe mir eine Geige. Kann ich sie auf Raten zahlen wie ein Motorrad?«

Sie betrachtete mich immer noch sehr genau und intensiv.

»Ich denke schon«, antwortete sie im nüchternen Tonfall. »Aber vielleicht hast du bis dahin keine Lust mehr.«

»Nein«, sagte ich, »das ist es, was ich später machen will.«

»Was denn?«

»Das. Musik machen.«

Sie schüttelte leicht den Kopf.

»Das ist nicht so einfach, junge Dame.«

Ich knetete meine Finger.

»Wenn Sie mich unterrichten … kann ich Sie auch auf Raten zahlen?«

Jetzt stieg ein Lachen in ihre Augen.

»Wie ein Motorrad?«

Ich wurde ein wenig rot.

»Weil beides zusammen zu teuer für mich ist, bloß deswegen.«

Die Schulglocke läutete. Lela erhob sich, nahm ihren Geigenkasten und legte mir kurz die Hand auf die Schulter.

»Komm morgen um drei zu mir. Du weißt ja, wo ich wohne.«

Sie entfernte sich und ich blickte ihr hingerissen nach. Sie setzte beim Gehen die Zehen leicht einwärts, was ihr diesen geschmeidigen Schritt gab.

Den Rest des Tages verbrachte ich in einer Art Wachtraum. Es dauerte Stunden, bis das Musikstück in meiner Erinnerung verklang. Immer noch sah ich die Flammenvögel vor mir. Sie zogen vorüber wie ein unruhiges Bild und verblassten ganz allmählich. In der Nacht konnte ich nicht schlafen. In mir war ein ungeheures Glühen. Elliot war nicht zu Hause. Er kam gegen vier, programmgemäß betrunken, polterte in sein Zimmer, warf sich aufs Bett. Ein paar Mal schmiss er sich hin und her, dann hörte ich seine schlürfenden Schnarchtöne. Er schlief noch, als ich mir einen Kaffee machte und zur Schule ging. An diesem Morgen hatten wir Erdkunde und Geschichte. Ich ließ mich von der Zeit treiben und verstand kein Wort. Meine inneren Augen suchten das erloschene Bild wild flatternder Vögel. Die Vögel existierten nur in meiner Fantasie, doch konnte ich mich nicht mit etwas anderem befassen.

Die Kirchenuhr schlug drei, als ich den Weg entlang zu Lelas Haus ging. Der Wind wehte in kleinen Wirbeln, die Wolken, tief am Himmel, zeigten eine mattgrüne Farbe. Das Haus, kaum hundert Meter von dem Wasserlauf entfernt, war aus gutem, solidem Holz, mit einer Veranda und blau gestrichenen Läden zum Schutz gegen die Herbststürme. An der Wand standen Blumentöpfe, daneben ein Fahrrad. Lelas Geländewagen parkte vor dem Tor. Ich stieß den Riegel auf und ging den Kiesweg entlang auf das Haus zu. Im Garten standen alte Obstbäume, Sträucher und Blumen wuchsen ungezwungen und verschlungen. Einige Wespen, die ihr Nest an der Unterseite der Dachrinne bauten, summten nervös im Wind. Als ich die Steinstufen zur Veranda hinaufging, öffnete Lela die Haustür. Sie musste mich vom Fenster aus gesehen haben.

»Du bist pünktlich«, stellte sie lächelnd fest. »Für gewöhnlich haben es die Schüler nie eilig.«

Ich fragte befangen: »Störe ich Sie?«

»Keineswegs, ich habe dich ja erwartet. Komm doch herein!«

Scheu ging ich über die Veranda, ließ meine verstaubten Schuhe draußen stehen und trat auf Socken ins Haus. Auch in der Diele war Holz als Täfelung angebracht, an der Wand tickte eine Standuhr. Es roch angenehm, nach Bohnerwachs und Zimtkuchen. Lela öffnete eine Tür. Ich betrat ein großes, altmodisch eingerichtetes Wohnzimmer mit schweren Möbeln, einem gusseisernen Heizofen, Spitzenvorhängen und alten Teppichen. Die Tapete hatte ein kompliziertes Blumenmuster. Die große Stehlampe aus Messing war offenbar neu und an den Wänden hingen verschiedene Bilder und Fotografien.

»Die Großeltern sind schon lange tot«, sagte Lela, »und meine Eltern wohnten in der Stadt. Jetzt lebt nur noch mein Vater.«

»Warum wohnt er nicht hier?«

»Er wollte mir nicht zur Last fallen. Er wohnt in Clinton, nahe beim Krankenhaus. Das ist wichtig für ihn. Er hat Nierenprobleme und muss dreimal in der Woche zur Behandlung. Außerdem sieht er schlecht. Immerhin kommt er ganz gut zurecht. Wenn er mich braucht, ruft er an und ich bin in zehn Minuten bei ihm.«

Ich betrachtete die Fotografien. Sie waren alt und manche schon vergilbt und zeigten Frauen und Männer, die aus einer anderen Zeit stammten.

»Ich mag diese Bilder«, sagte Lela. »Wir alle tragen ein Stück unser Vorfahren in uns, glaubst du nicht auch?«

Ich wich ihrem Blick aus.

»Doch«, sagte ich rau und dachte an Melanie.

Lela deutete auf eine blond gelockte Frau, die ein Kleid in Patchworklook trug. Solche Kleider kamen jetzt wieder in Mode.

»Astrid, meine Mutter. Sie kam aus Schweden. Sie war eine echte Hippie, ein ›Blumenkind‹, wie man damals sagte. *Peace and love,* du weißt schon. Die Aufnahme stammt aus den sechziger Jahren, als Jimmi Hendrix in Woodstock auftrat. Astrid traf dort meinen Vater Josua. Hier!«

Sie deutete auf einen jungen Mann, mit Stirnband und taillenlangem Haar. Er hatte ein ebenmäßiges Gesicht mit großen Augen, runden Wangenknochen und einem Schurrbärtchen über blitzenden Zähnen.

»Astrid wollte unbedingt einen Indianer heiraten.«

»Er sieht gut aus«, sagte ich.

Sie seufzte.

»Ja, damals sah er wunderschön aus. Seit Astrids Tod ist er sehr gealtert. Du würdest ihn nicht wiedererkennen.«

»Wann starb sie?«

»Vor zwölf Jahren. Sie war lange krank.«

Ich senkte den Kopf.

»Meine Mutter auch.«

»Ja, ich habe davon gehört«, sagte Lela.

Und sie weiß bestimmt, wie es um meinen Vater steht, dachte ich bitter, doch Lela wies bereits auf die Fotografie daneben, die eine Gruppe Männer und Frauen in traditioneller Indianerkleidung zeigte. Nicht nur dass sie einander ähnelten, sie hatten alle den gleichen Ausdruck, die gleiche Haltung, steif und kerzengerade, wie es beim Fotografen gefordert wurde.

»Die Eltern meines Vaters und ihre Familie.«

»Gehörte ihnen das Haus?«, fragte ich.

»Ja, es wurde vor achtzig Jahren gebaut. Deswegen ist es so altmodisch.«

»Ich finde es schön«, sagte ich.

Sie lachte ein wenig.

»Meine Eltern waren gar nicht begeistert. Damals war das Haus nicht an die Kanalisation angeschlossen, ein tragbarer Gasofen bildete die einzige Wärmequelle und das Wasser wurde aus einem Brunnen geschöpft. Jetzt funktioniert alles elektrisch.«

Ich schluckte und kam mir schrecklich vorlaut vor. Aber die Neugierde war stärker.

»Waren Sie … nie verheiratet?«

Fältchen zeigten sich in ihren Augenwinkeln.

»Doch. Fünf Jahre lang. Ich bin geschieden.«

»Oh«, sagte ich, »es tut mir leid.«

Sie verzog spöttisch die Lippen.

»Es kommt vor, weißt du, dass der eine dem anderen die Luft zum Atmen nimmt. Dann ist es besser, man trennt sich.«

»Und jetzt leben Sie allein?«

Sie blinzelte verschmitzt.

»Nun, vielleicht finde ich eines Tages den Richtigen? Und warum nicht hier?«

Ihr Lächeln wurde nachdenklich.

»Ich habe genug von der Welt gesehen. Eigentlich möchte ich hier nie wieder weg. Komm!«

Ich ging hinter ihr die Treppe hinauf. Die alten Stufen knarrten unter unseren Schritten. Auch im ersten Stock waren die Wände mit dunkel glänzendem Holz getäfelt. Durch die Maserung sah es aus, als wäre es mit Kristall überzogen. Im Vorbeigehen betrachtete ich eine Anzahl Ölbilder, die alle ausnahmslos Wölfe darstellten: Wölfe im Rudel, Wölfe beim Beuteschleichen, eine Wölfin mit ihren trinkenden Welpen. Meine Augen blieben fasziniert an ihnen haften. Eine seltsame Kraft ging von den Bildern aus, eine Kraft, die mich im Herzen berührte.

Lela ging an den Bildern vorbei, einen Flur entlang und öffnete eine Tür. Ich betrat ein kleines Erkerzimmer, dessen Wände und Decke weiß gestrichen waren. Ich sah ein Metronom, ein Notenpult, einen kleinen Tisch und zwei Stühle. Neben einem schmalen, vollgestopften Bücherregal hingen weitere Wolfsbilder, Acryl auf Leinen. Ich ertappte mich immer wieder dabei, dass ich sie ansehen musste. Es war, als hätten mich die Bilder verhext. Inzwischen schloss Lela einen Schrank auf und brachte einen Geigenkasten zum Vorschein. Sie öffnete den Verschluss und hob das Instrument heraus. Ich sah sofort, dass es eine andere Geige war: die merkwürdige kleine Verzierung fehlte.

»Das war meine Übungsgeige, als ich in deinem Alter war«, sagte Lela. »Und jetzt hör zu! Jeder Mensch hat seine eigene Art, an das Instrument und an die Musik heranzugehen. Richtig ist, was für den Einzelnen bequem und nützlich ist. Im Grunde kannst du den Bogen halten, wie du willst, du musst dich nur wohl dabei fühlen. Denn die Beherrschung der Geigentechnik findest du nur in der Verbindung zwischen Verstand und Muskeln und die sind bei jedem Menschen anders. Dazu kommt natürlich die Verbindung zwischen Intelligenz und Gefühl und dazu das angeborene Talent, deine Seele zum Ausdruck bringen. Du kannst dein Publikum nicht täuschen: Es hat ein feines Gefühl dafür, was echt ist und was nicht. So und jetzt nimm die Geige und halte sie, wie du willst!«

Ich ergriff die Geige, als sei sie aus Porzellan, und versuchte, mir in Erinnerung zu rufen, wie Lela sie gehalten hatte. Sie sah gelassen zu, wie ich alle möglichen Arten ausprobierte. Schließlich fand ich heraus, dass ich die Geige gut mit dem Kopf und der Schulter stützen konnte. Lela nickte mir zu.

»Es gibt keine Regel, wie man eine Geige zu halten hat. Ist es für dich bequem, ist das in Ordnung.

Du hast lange Arme, das bedeutet, dass der Ellbogen links bleiben soll. Der Ellbogen bewegt sich ja ständig, verstehst du? Jetzt bist du noch verkrampft, das ist normal. Pass auf, die Hand darf nicht gegen das Instrument drücken. Wie hoch oder wie tief über dem Griffbrett deine Hand gehalten werden soll, hängt von dem Wuchs deiner Hand und deiner Finger ab. Sei schön locker, das ist besser. Ich werde dir zeigen, wie du die Finger zu bewegen hast. So und jetzt probieren wir die Bogenhaltung. Du kannst den allerbesten Bogen haben, aber er nützt dir nichts, wenn deine Gelenke nicht elastisch sind. Der ganze Arm, von der Schulter bis in die Fingerspitzen, muss federn. Du siehst schon, alles kostet viel Mühe und soll mühelos aussehen!«

Mühelos? Es war eine Strapaze! Nach einer halben Stunde fühlte ich mich wie nach drei Stunden Basketball. Alles tat mir weh. Als Lela mir die Geige aus der Hand nahm und in den Kasten legte, kam ich mir hilflos, linkisch und unfähig vor. Die totale Bruchlandung. Meine Handflächen schwitzten, ich rieb sie an meinen Jeans ab.

»Ich kann gleich aufhören. Das schaffe ich nie!«

»Ach, was hast du denn erwartet?« Lelas Augen funkelten ironisch. »Schon heute Johannes Brahms zu spielen? Das Konzert in D-Dur, zum Beispiel?«

Ich wurde rot bis an die Haarwurzeln.

»Ich … bin viel zu dumm!«

»Du bist überhaupt nicht dumm. Du bist sogar hochbegabt. Und hör auf, an deinen Nägeln rumzukauen. Jetzt wird gearbeitet.«

Ich glaubte, nicht richtig gehört zu haben. Dann, wie wenn ein Stein in stilles Wasser fällt und Wellenringe aussendet, rührte sich in mir eine wachsende Erregung, als ich zu begreifen begann, was ihre Worte bedeuteten.

»Sie … Sie werden mich unterrichten?«

»Aber sicher. Zu Beginn nur zweimal in der Woche. Dann sehen wir weiter.«

Mein Herz schlug zum Zerspringen.

»Was wird das kosten? Ich muss mir einen Job suchen und …«

»Was nützt mir das, wenn du im Unterricht döst? Ich werde dich eine Zeit lang kostenlos unterrichten. Später reden wir wieder darüber.«

Ich starrte sie an. Es war, als ob die Luft um mich herum in Bewegung geriet, als ob ich auf den Beinen schwankte. Ich flüsterte rau: »Warum tun Sie das?«

Sie zog die Schultern hoch.

»Vielleicht weil es mir Spaß macht. Und vielleicht auch weil ich etwas nicht erreichen konnte. Und es gerne miterleben würde, wie eine andere es erreicht.«

8. KAPITEL

Was war nur los mit mir? Alles war gleich und doch völlig verändert. Lela war wie eine Fee in mein Leben getreten. Die ganze Welt war so intensiv, so lebhaft geworden. Alles wurde einfacher und doch empfand ich es viel tiefer. Musik machen, Geige spielen? Ja, das war mein allergrößter Wunsch! Bloß hatte ich es bisher nicht gemerkt. Als ich zum ersten Mal die Geige berührte, kam sie mir wie ein Lebewesen vor. Als ob das Holz ein kleines Tier war, das ich streichelte. Wie außerordentlich merkwürdig! Und wie schön. Ich hatte nicht gewusst, dass ich so sein konnte – so glücklich!

Als ich nach Hause kam, stand noch in der Küche das Frühstücksgeschirr. Ich sah, dass es voller Ameisen war, und stellte es in die Spüle. Mir wurde fast schwindlig vor Hunger, aber der Kühlschrank war leer, nur Bier war vorhanden. Ich fand einen Rest Pommes mit Chili und machte mir einen Kaffee dazu. Doch ich hatte Glück: Mein Vater kam nach Hause, nüchtern, ausnahmsweise, und brachte Hamburger mit. Daran merkte ich, dass das Geld von der Wohlfahrt eingetroffen war. Mir fiel auf, wie schlecht er aussah, mit tief eingefallenen Wangen, blass und unrasiert. Seine Sehkraft ließ nach. Er war erst zweiundvierzig und zuckerkrank. Die Brille mit den dicken Gläsern, die er neuerdings trug, kam auch von der Wohlfahrt. Er hielt mir die Tüte hin.

»Da, nimm!«

Ich griff unwillkürlich hinein, biss gierig in das weiche Brot. Elliot hielt einen Finger an den Kaffeetopf, um zu testen, ob er noch warm sei, und schenkte sich dann eine Tasse ein. Ich kaute stumm. Er warf mir einen Seitenblick zu.

»Wie war's denn in der Schule?«

Es war, glaube ich, drei Monate her, dass wir nicht mehr miteinander gesprochen hatten.

»Ganz gut«, brummte ich.

»Diese Lela Woodland… wie kommst du mit ihr aus?«

Und da, ich weiß nicht, warum, sagte ich: »Sie wird mir Geigenunterricht geben.«

Er sah mich über den Tassenrand an und wirkte nicht sonderlich überrascht.

»Ich habe früher auch Geige gespielt.«

Ich starrte ihn fassungslos an.

»Du?«

»Wieso? Ist das so abwegig?«

»Davon weiß ich nichts«, sagte ich.

Er zog die Schultern hoch.

»Ich war damals zwölf oder dreizehn, aber ich musste aufhören. Meine Eltern hatten kein Geld für den Lehrer. Was nimmt Mrs Woodland für den Unterricht?«

»Nichts. Sie will kein Geld von mir.«

Elliots Augen waren leer.

»Wie kommt sie dazu?«

Lelas Worte kamen mir in den Sinn. Ich erwiderte, betont beiläufig: »Sie glaubt, dass ich es lernen kann.«

»Heißt das, dass du begabt bist?«

»So ähnlich«, brummte ich.

»Hört sich für mich nach Wahrheit an«, sagte Elliot mit spürbarem Stolz in der Stimme. »Das hast du von mir. Ich war auch begabt.«

Danach war das Gespräch zu Ende. In der Nacht erwachte ich mit der Frage »Stimmt es wirklich, dass ich begabt bin? Und wie hat Lela das beurteilen können?« Wo ich mich doch wie ein Trampeltier aufgeführt hatte!

Am nächsten Tag war in der Schule alles wie sonst. Lela erwähnte mit keinem Wort, dass sie mir Geigenunterricht gab, und ich sagte auch nichts. Ich war ein Mädchen, das Geheimnisse liebte. Mein Geheimnis war sehr wichtig, ich teilte es nur mit Lela. Und seltsamerweise auch mit Elliot. Warum eigentlich, das konnte ich nicht sagen.

Am Donnerstag also der Unterricht. Diesmal kam ich mit dem Fahrrad und war viel zu früh. Doch als ich mein Fahrrad an den Zaun stellte und durch den Garten ging, stand Lela schon an der Tür.

»Es ist gut, dass du früher kommst. Mein Vater montiert ein neues Bücherregal und ich muss später noch nach Clinton, ein paar Schrauben drehen. Er ist ziemlich ungeschickt, weißt du.«

Wir gingen die Treppe hinauf. Unwillkürlich verlangsamte ich den Schritt, als ich an den Bildern vorbeiging. Sie kamen mir auf besondere Art lebendig vor. Als ich mit Lela das Erkerzimmer betrat, spürte ich es noch deutlicher. Die Augen der Wölfe schienen zu sehen, obwohl sie nur gemalt waren. Und dahinter, in den tiefen dunklen Farbfeldern, schienen sich geheimnisvolle Formen zu regen. Natürlich konnten die Bilder sich nicht bewegen. Aber war es nicht eine wunderbare Art, die Dinge so zu malen, dass sie diesen lebendigen Eindruck erweckten? Und war es in der Musik nicht das Gleiche? Konnte man nicht mit wenigen Handgriffen eine Stimmung hervorzaubern, die jeder fühlte? Das war es, was mich so faszinierte.

Lelas Stimme riss mich aus meinen Gedanken.

»Die Bilder hat meine Großmutter gemalt.«

»Sie gefallen mir«, sagte ich.

Lela nickte.

»Als sie jung war, lebte sie noch in einem Tipi. Lesen und schreiben lernte sie erst, als sie erwachsen war. Aber sie war schon als Mädchen eine großartige Künstlerin.«

»Wie kam sie dazu, nur Wölfe zu malen?«

»Meine Großmutter stammte aus Montana«, sagte Lela. »Sie war eine Sioux-Dakota und trug den ungewöhnlichen Namen ›Sunke Nagi‹ – Wolfsgeist.«

Hinter den Augen fühlte ich einen merkwürdigen kleinen Schmerz. Es war mir, als stiegen kleine Blasen in meinem Kopf auf.

»Warum hieß sie so?«

»Ach, als Kind hieß sie Lela wie ich. Aber in früheren Zeiten, wie du weißt, erwarben wir unseren Namen durch eine besondere Tat oder ein besonderes Erlebnis.«

Ich nickte und Lela erzählte weiter.

»Als das kleine Mädchen neun Jahre alt war, erblickte sie unweit ihres Tipis eine Wölfin. Obwohl diese Tiere für gewöhnlich die Menschen meiden, ließ sich die Wölfin von dem Kind streicheln. Lela verschwendete keinen Gedanken an mögliche Gefahren und merkte nicht, wie sie sich immer weiter vom Lager entfernte. Die Kinder spielten oft am Waldrand und anfänglich machten sich die Eltern keine Sorgen. Erst als es Abend wurde, suchten sie beunruhigt ihr Kind. Ein Junge sagte: ›Lela hat eine Wölfin gefunden und spricht mit ihr, als ob sie ein Mensch wäre.‹ Und wahrhaftig: Bald entdeckten die Eltern die Spur einer Wölfin und daneben einen kleinen Fußabdruck. Die Spur führte den Fluss entlang, tief in den Wald. Es wurde mit jedem Augenblick dunkler und die Besorgnis der Eltern wuchs. Auf einmal entdeckten sie im letzten Tageslicht eine Höhle. Das Mädchen lag unter einem Felsen und schlief. Die entsetzten Eltern dachten zuerst, die Kleine sei tot. Doch Lela erwachte und lächelte sie an. Sie erzählte, die Wölfin habe sie zu dieser Höhle geführt, wo sie eigene Welpen hatte. Lela hatte mit den Jungen gespielt, bis sie müde wurde. Die Wölfin und ihre Welpen wurden nicht gefunden, aber eine Anzahl größerer und kleinerer Spuren zeigte, dass Lela die Wahrheit sprach. Die verstörten Eltern brachten ihr Kind ins Lager zurück und Reina, die Stammesälteste, sprach: ›Die Kleine wird von den Wölfen geliebt. Fortan soll sie *Sunke Nagi* heißen.‹ *Sunke Nagi* ist ein sehr ehrenvoller Name, eigentlich verdienstvollen Kriegern vorbehalten. Jeder im Lager wunderte sich, aber Reina sagte, das Erlebnis habe das Kind auf eine Art und Weise verändert, die jetzt noch keiner verstehen könne. So erwarb meine Großmutter ihren Namen. Und später, als die Eltern mit ihr nach Seattle zogen, erfüllte sich Reinas' Weissagung vollkommen. Sunke Nagi begann, mit fünfzehn zu malen. Einige Jahre später stellte sie in Galerien aus, erhielt etliche Preise. Kunstkritiker und Sammler waren auf sie aufmerksam geworden. Sie zählte bald zu den namhaften amerikanischen Künstlern. Aber bis zu ihrem Lebensende blieb sie sich selbst treu – und malte nur Wölfe. Wenn sich ein Wolfsrudel irgendwo in den Wäldern aufhielt, kannte sie genau die Stelle und betrat mit ihrem Skizzenbuch furchtlos ihr Jagdrevier. Sie beobachtete die Tiere, tagelang und völlig unbehelligt. Es war, als ob sie ihre Sprache verstand. Dann stellte sie sich vor ihre Staffelei und malte die Wölfe nach ihrer Vision.«

Ich fragte lebhaft: »Haben Sie gesehen, wie sie mit den Wölfen sprach?«

Lela lächelte bedeutsam.

»Ja, deswegen wollte ich Geige spielen.«

Ich blickte sie fragend an. Lela fuhr fort: »Die Geigenklänge sind es, die der Tonlage des heulenden Wolfes am nächsten kommen. Das vermag kein anderes Instrument.«

Mir kam etwas in den Sinn.

»Als ich zum ersten Mal die Geige hielt, musste ich an ein kleines Tier denken. Ist das nicht komisch?«

»Komisch? Vielleicht. Und doch wieder auch nicht. Alles, was sich unabhängig von unserem Willen in uns vollzieht, raubt uns erst mal den Atem. Wir müssen lernen, damit umzugehen.«

»Ich habe keine Angst«, sagte ich.

Sie machte ein Gesicht, als ob sie verstört war und es zu verbergen versuchte.

»Du und ich, wir scheinen wirklich etwas gemeinsam zu haben.«

Ich wagte es nicht, ihr mit Ja zu antworten, und sagte stattdessen: »Ich glaube, ich habe einen Wolf gehört.«

Sie hob die fein geschwungenen Brauen.

»So nahe am Dorf? Bist du sicher, dass es nicht ein Hund war?«

»Nein. Hunde heulen ganz anders.«

»Ja, das stimmt. Du hast ein gutes Gehör. Wann war das?«

Ich wurde etwas rot.

»Im Sommer, am Powwow-Fest, als ich Sie zum ersten Mal sah. Sie trugen das Zeichen des Wolfes auf Ihrem Kleid. Das ist mir aufgefallen.«

»Das Kleid hat Sunke Nagi angefertigt«, sagte Lela. »Ich denke immer an sie, wenn ich es trage.«

Um ein Haar hätte ich ihr von Melanies Kleid erzählt. Ich biss mir hart auf die Lippen. Nein, das durfte ich Elliot nicht antun!

»Warum hängt kein Bild von den Wölfen im Wohnzimmer?«, fragte ich hastig, um mich auf andere Gedanken zu bringen. »Dort würden sie besser zur Geltung kommen.«

Ein kleines Lächeln hob ihre Lippen.

»Ich habe sie entfernt. Du glaubst ja gar nicht, wie viele Leute Angst vor den Bildern hatten!«

»Aber warum bloß?«

Lelas Blick glitt an mir vorbei in die Ferne.

»Wölfe tragen in sich eine gewaltige Zauberkraft. Sie waren lange vor den Menschen da und sind mit den Erdkräften verbunden. Wir Indianer wissen das, aber die Weißen haben das vergessen. Aus lauter Dummheit sehen viele von ihnen in unschuldigen Tieren das Böse und bringen sie auf grausame Weise um. In Wirklichkeit sind Tiere die geliebten Kinder Gottes, während wir unseren Schöpfer verleugnen und verraten.«

Sie wandte sich um, nahm den Geigenkasten aus dem Schrank, öffnete ihn und überreichte mir das Instrument. Diesmal war mein Griff weniger ungeschickt, ich wusste, wie ich sie zu halten hatte. Lela brachte mir bei, die Geige zu stimmen. Sie legte ihre Hand auf meine und führte sie. Ich weiß nicht, welche Gefühle ich empfand, eine merkwürdige Mischung zwischen Scheu und Liebe. An diesem Tag spielte ich meine ersten Töne. Es waren nur ein paar Akkorde, aber sie erfüllten mich mit nie gekanntem Glück. Lela schien es nichts auszumachen, dass ich von Musik kaum eine Ahnung hatte.

»Das ist schon in Ordnung. Über die Technik kann man endlos diskutieren. Aber Musik ist keine Theorie, Musik ist ein tiefes Geheimnis, ein Gefühl. Und hat dich die Musik einmal gepackt, wirst du ihr folgen, sind ihre Wege auch schwer und steil.«

9. KAPITEL

Bald wurden die Tage kürzer, Herbstwind kreiste in den Bäumen, nasse Blätter färbten sich in rostiges Gold, als hätte die Sonne sich darin verwickelt. Es roch nach feuchtem Zedernholz und Kälte. Zu jener Zeit sagte mir Lela, mein Gehör sei besonders fein ausgeprägt. Tatsächlich war für mich sogar die Stille laut. Ich hörte die Schritte schleichender Tiere, das Summen der Bienen, das Knistern der fallenden Blätter, Geräusche, die andere nur kaum oder gar nicht wahrnahmen. Ich wusste nicht, woran das lag, es war mir einfach angeboren. Außerdem hatte ich sehr flexible Daumen und Finger, sodass ich bald in der Lage war, den Wert und die Klangdauer jeden Tones mit dem Gehör zu prüfen. Als ich das Spiel von Oktaven als Doppelgriffe lernte, stellte Lela fest, dass meine Ohren die tiefen wie auch die höheren Töne mit gleicher Leichtigkeit wahrnahmen. »Das ist gut«, erklärte sie mir. »Du brauchst nicht besonders auf das Hören der tieferen Töne geschult zu werden. Manche Schüler haben nämlich die schlechte Angewohnheit, den tieferen Ton zu laut zu spielen, bloß um ihn besser zu hören.«

Es wurde Winter. Zuerst rieselte der Regen nur,

wurde dann stärker, floss in Strömen. Das Wasser prasselte Tag und Nacht, Erdbrocken und Schlamm überschwemmten die Straßen. Die Tiere verloren ihr Sommerfell. Die Vögel fraßen so viel sie konnten und flogen nach Süden. Bald kam der Frost. Die Fenster knarrten. Unter dem dunklen Himmel heulten die Stürme, brachten Schnee. Die Bäume bogen sich unter dem Gewicht, manche brachen unter der weißen Last zusammen. Die Luft roch frisch und sauber und schmerzte in den Lungen. Krähen hinterließen den Abdruck ihrer Flügel im Schnee. Aber unter der Erde steckten Samen, die auf den Frühling warteten. Und im März schmolz der Schnee unter den Strahlen der Sonne. Tausend Bäche überfluteten die braunen Wiesen. Bis sie sich in einen einzigen Teppich aus Gräsern verwandelten und auf dem kleinsten Flecken Erde leuchtende Blumen wuchsen.

Den Ablauf der Monate maß ich an meinen Fortschritten. Lela brachte ihre Zufriedenheit mit ihrem Lächeln, ihren Blicken zum Ausdruck, denn mit Lob ging sie zurückhaltend um. Manchmal schien sie mich sogar kaum zu beachten. Sie kehrte mir den Rücken zu, beschäftigte sich mit dem Korrigieren von Heften oder sah völlig in Gedanken versunken aus dem Fenster. Aber beim geringsten Fehler fuhr sie herum, ertappte mich buchstäblich auf frischer Tat und sparte nicht an Kritik. So verging die Zeit. In der Schule gab es wenig, was mich interessierte. Das beunruhigte mich. Was sollte bloß aus mir werden, wenn ich nur fähig war,

Musik zu machen und nichts anderes? Aber alle Zweifel und Befürchtungen verschwanden, sobald ich die Geige hielt und ein Motiv anstimmte. Lela hatte mir erlaubt, die Übungsgeige mit nach Hause zu nehmen, sodass ich täglich üben konnte. Sie hatte mir erzählt, dass sie am liebsten draußen spielte, im Wald oder am Bachufer.

»Die Geige ist ja aus Holz gemacht. Auch der Wind, wenn er durch die Bäume streicht, erzeugt Musik. Da ich ein Mensch bin, kontrolliere ich die Akkorde. Aber im Grunde ist es dasselbe: Die Geige ist singende Natur.«

Mich begeisterte dieser Gedanke. Sobald das Wetter besser wurde, spielte ich auf der Veranda. Auch ich gewann bald das Gefühl, dass die Geige unter freiem Himmel schöner und ergreifender klang. Oft kamen ein paar Kinder und lauschten. Sie setzten sich auf die Stufen, mit blinzelnden Augen, wachsam. Um ihnen eine Freude zu machen, spielte ich Lieder, die sie kannten. Aber ich war auch in der Lage, selbst erfundene Melodien zu spielen, was den Kindern ebenso viel Spaß machte wie mir.

War mein Vater zu Hause, übte ich nie. Warum, konnte ich nicht erklären. Ich wollte nicht darüber nachdenken. Natürlich sah er die Geige, verlor aber kein Wort darüber. Niemals sagte er: »Spiel mir etwas vor!« Ich war ihm dankbar dafür. Am glücklichsten war ich, wenn ich allein war. Dann vergaß ich die Realität, verlor den Kontakt zu dem, was wir Wirklichkeit nennen.

Die Musik trug mich auf unsichtbaren Flügeln, hinauf über die hohen Espen, noch weiter empor. Ich umkreiste ganze Berghänge, tauchte in ferne Täler hinab, trieb mühelos durch Wolkenfelder. Das waren bloß Empfindungen und doch erlebte ich auf diese Weise eine unglaubliche, intensive Kraft. Und es kam vor, dass ich vor Morgengrauen verschwommene Geräusche hörte, unbestimmte Bewegungen vor der Tür, als ob ein schemenhaftes Wesen zwischen Haus und Wald umherschlich. Aber ich sah nie etwas, nicht einmal eine Spur am Boden; wahrscheinlich hatte ich nur verrückte Träume.

In der Schule wurde es nicht besser, im Gegenteil. Ich wusste überhaupt nicht, was ich auf der Schulbank machte. Mein Kopf war ständig damit beschäftigt, meine Übungsaufgaben Note für Note durchzugehen. Ich hatte festgestellt, dass es reichte, ein Musikstück einmal zu hören, um es spielen zu können. Lela wunderte sich weniger darüber als ich.

»Es gibt Leute, die das können.«

Im Unterricht hatte sie begonnen, besondere Stücke für zwei Violinen mit mir zu spielen. Nachdem Lela den Takt angegeben hatte, begannen wir das Spiel gemeinsam. Und immer wieder erlebte ich den magischen Augenblick, da Lela sich verwandelte, von einem Atemzug zum anderen groß und gebieterisch wurde. Ihr Können war etwas, das mich zutiefst erschütterte. Ich musste mich gewaltig zusammennehmen, um nicht aus dem Takt zu kommen. Und so spielten wir dann und allmählich verlor ich meine Hemmungen. Unsere Übereinstimmung wuchs, das sah ich an ihrem Lächeln, an den Blicken, die sie mir zuwarf. Manchmal schloss sie ihre Augen, als spielte sie mit abwesendem Geist. Das war genau der Augenblick, in dem ich mein Bestes geben musste. Im Laufe der Wochen schien sich der Abstand zwischen uns zu verringern, obwohl ich längst nicht über ihre Fähigkeit verfügte und noch kaum ein Stück auswendig beherrschte. Es war ein großes Gefühl, das Lela und mich verband, aber Lela sprach nie darüber und ich – ich wusste nicht, wie ich es hätte ausdrücken können.

10. KAPITEL

Eines Tages, im Frühsommer, als heißes Licht durch die Zweige der Bäume drang, sagte Lela nach dem Unterricht: »Komm, setz dich! Ich mache uns einen Tee.«

Sie hantierte in der Küche. Nach ein paar Minuten kam sie mit der dampfenden Teekanne zurück, setzte sich zu mir an den Tisch und füllte die Tassen. Der mit Honig gewürzte Hagebuttentee war wunderbar süß. Ich pustete in die Tasse und schlürfte ihn mit Behagen. Im Zimmer summte eine Wespe, suchte das offene Fenster. Als sie draußen war, wurde es sehr still. Nur in der Ferne ratterte ein Bagger, irgendwo wurde eine Straße ausgebaut. Ich dachte kummervoll, dass sie mir jetzt wahrscheinlich sagen würde, sie könne mich nicht mehr unentgeltlich unterrichten. Aber das machte nichts. Bald waren Ferien und ich würde mir einen Job suchen. Lieber bis spät in der Nacht arbeiten als auf den Geigenunterricht verzichten.

Nach einer Weile brach Lela das Schweigen.

»Hast du schon etwas für die Zukunft geplant?«

Diesem Gespräch wäre ich am liebsten aus dem Weg gegangen.

»Eigentlich nicht.«

»Für einen Studienplatz reicht es für dich nicht«, meinte Lela im sachlichen Ton. »Das kann ich dir schon jetzt sagen.«

Ich zog die Schultern hoch.

»Ich weiß, dass ich nicht die Hellste bin.«

Jetzt unterdrückte sie ein Lächeln.

»Du könntest gut lernen, wenn du nur wolltest. Aber du willst nicht. Du hast ständig anderes im Kopf.«

Ich zog erneut die Schultern hoch. Sie drängte weiter, auf eine Art, die mir peinlich war.

»Nun sag schon! Was willst du später machen, wenn du mit der Schule fertig bist? Hast du eine genaue Vorstellung?«

»Ich kann an der Tankstelle arbeiten. Oder im Supermarkt.«

Lela verzog den Mund.

»Man sieht dir doch von Weitem an, dass dir die Sache nicht liegt.«

Ich schwieg befangen. Sie nahm einen Schluck Tee.

»Gibt es etwas im Leben, das wichtig für dich ist?«

Ich sagte rau: »Geige spielen.«

Ihr Augen funkelten ironisch.

»Ist das alles?«

Ich knetete meine Hände. Was sollte ich darauf antworten? Lela trank seelenruhig ihren Tee.

»Hör zu. Ich habe nachgedacht. Du taugst wirklich nicht viel in der Schule. Du willst nur Geige spielen. Und du hast recht. Das ist eine Sache, die du besser kannst als die meisten. Vielleicht sogar besser als ich.«

Ich hob ruckartig den Kopf.

»Woher wissen Sie das?«

Das konnte doch nicht wahr sein. Sie machte sich über mich lustig! Doch sie blickte mich ganz ernst an.

»Ich habe es festgestellt.«

Schön. Aber was nun?

»Ich werde sparen«, sagte ich. »Und mir eine Geige kaufen. Und spielen. In der Freizeit und abends, wenn mein Vater nicht da ist.«

Sie zog die Stirn kraus.

»Warum, wenn dein Vater nicht da ist?«

Ich schluckte.

»Weil er ... weil er gesagt hat, dass er früher auch gut spielte.«

»Er meinte also, dass du das Talent von ihm geerbt hast?«

Ich nickte. Sie ließ mich nicht aus den Augen.

»Deswegen soll er nicht zuhören, wenn du spielst?«

Ich schüttelte heftig den Kopf.

»Das ertrage ich nicht.«

»Was hast du gegen deinen Vater?«, fragte sie sanft. »Bist du ihm böse, weil er trinkt?«

Irgendwie musste ich meine Beklemmung loswerden.

»Früher, da war er nicht so. Aber seitdem meine Mutter tot ist, hängt er ständig in der Kneipe herum und kotzt ins Badezimmer. Ich mache das nicht sauber, ich nicht!«

»Verlangt er das von dir?«

»Nein. Nie. Er macht das immer selbst.«

»Siehst du. Das ist das Zeichen, dass er dich liebt.«

Ich antwortete nicht. Lela betrachtete mich sinnend.

»Ich glaube, er ist wirklich sehr unglücklich. Vielleicht könntest du ihm helfen, indem du ihn mehr in deine Welt ziehst?«

Ich starrte verstockt an ihr vorbei. Im Augenblick war das alles zu viel für mich.

»Stimmt das, was er gesagt hat? Dass ich das Geigenspiel von ihm habe?«

Sie nahm einen Schluck Tee.

»Das ist eine schwierige Frage. Ja, Talent kann ein Erbe sein, doch meistens ist es eine Gabe. Unsere Seele kommt von weit her. Wer weiß, was früher war? Die Vorfahren greifen in unser Leben ein, ob wir es wollen oder nicht.«

»Wie?«, fragte ich.

»Ich will dir eine Geschichte erzählen«, sagte Lela. »Kurz vor meinem Unfall träumte ich von meiner Großmutter. Ich sah sie als junge Frau vor meinem Bett stehen. Ihr schönes Gesicht war voller Kummer. ›Ich bin traurig‹, hörte ich sie sagen. ›Die Wölfin hat sich verletzt. Und bald wird es Winter. Lauf nicht über das Eis!‹ Ich erwachte. Mein Herz schlug bis zum Hals. Was hatte Sunke Nagi sagen wollen? Eine Begebenheit von früher fiel mir ein: Sunke Nagi hatte eine Wölfin aus einer Falle gerettet. Das Vorderbein des Tieres war bis zum Knochen durchgescheuert. Sunke Nagi näherte sich furchtlos der Wölfin, befreite sie und pflegte ihre Wunde. Sosehr ich mich auch anstrengte, ich konnte keine Verbindung zwischen mir und dieser Geschichte sehen, überhaupt keine. Und als der See zufror und wir zum Schlittschuhlaufen gingen, hatte ich den Traum vergessen. Später kam er mir wieder in den Sinn – und da war nichts mehr zu ändern.«

Ich bekam eine Gänsehaut.

»Ist das wirklich wahr, dass die Toten mit uns reden?«

»Es kommt vor, ja. Menschen mit großer Kraft bringen seltsame Dinge zustande. Sie geben uns Zeichen, die gesehen oder gehört werden können. Es sind Warnungen, die einer ganz bestimmten Sache dienen. Aber wir haben unseren eigenen Kopf und wollen die Zeichen nicht sehen.«

Melanie?, dachte ich. Vielleicht gibt sie mir auch Zeichen, irgendwie. Bloß erkenne ich sie nicht. Inzwischen hob Lela die Kanne und goss mir frischen Tee ein.

»Und jetzt hör zu, Shana. Ich habe an der Musikhochschule in Vancouver studiert. Der Direktor, Robert Castaldi, ist ein bekannter Violinist. Ursprünglich stammt er aus Frankreich. Castaldi ist ein Mensch, der nur für die Musik lebt. Ich werde ihn anrufen und ihn bitten, ob du bei ihm vorspielen kannst. Wenn er es für angebracht hält – und ich habe keinen Grund, das zu bezweifeln –, wird er ein Stipendium für dich beantragen. Er ist der beste Lehrer, den ich kenne. Er wird dich unterrichten und das richtige Studienprogramm für dich aufstellen.«

Mein Herz klopfte so fest an die Rippen, dass es schmerzte.

»Und … dann … später?«

»Dann kannst du einem Orchester angehören. Du verdienst am Anfang nicht viel, aber du wirst davon leben können. Und geht das Orchester auf Tournee, kommst du überallhin. Und es ist sogar möglich – aber das sage ich nur, um dir Mut zu machen –, dass du am Anfang einer bedeutenden Karriere als Solistin stehst …«

Ich starrte sie an. Ihre Worte tönten wie ein fernes Echo in meinem Bewusstsein. Schmerzen und Zweifel fielen von mir ab. Es war ein neues Fühlen in mir, ein Licht, das mich fast blendete. Ich werde darüber nachdenken müssen, dachte ich. Später. Jetzt war ich nicht in der Lage dazu.

»Ist das wahr?«, flüsterte ich rau. »Ist das wirklich wahr?«

Sie legte ihre Hand auf meine.

»Es wird wahr werden. Glaub es einfach! Ich verspreche es dir.«

11. KAPITEL

Lela hielt Wort. Ein paar Tage später erzählte sie mir, dass sie mit dem Professor gesprochen und ihm von mir berichtet hatte. Robert Castaldi hatte sofort Interesse gezeigt. Er hatte Lela den Vorschlag gemacht, sie in Beaver Creek zu besuchen und mich bei dieser Gelegenheit vorspielen zu lassen.

»Er wollte schon lange mal kommen. Das sei, meinte er, eine gute Gelegenheit. Aber zuerst geht er mit dem kanadischen Staatsorchester auf Tournee. In Europa beginnt die Saison der Festspiele: München, Salzburg, Luzern, Aix-en-Provence. Nach seiner Rückkehr ruft er mich an und wir machen einen Termin aus. Und in der Zwischenzeit wird geübt«, setzte Lela verschmitzt hinzu. »Castaldi soll sein blaues Wunder erleben!«

Wie ich mich fühlte? Als ob ich mich auf etwas freute, das nie richtig eintreffen würde. Träume werden nicht real. Oder doch? Ich konnte es nicht sagen. Inzwischen wurde es August. Der Sommer wehte durch meine Adern, das Gras duftete warm. Schwärme von Mücken tanzten unter den Bäumen. Lela fuhr für ein paar Tage nach Seattle, wo sie Freunde hatte. Täglich stand ich ein paar Stunden an der Zapfsäule, kontrollierte Autoreifen, wischte Scheiben sauber. Die Tage waren drückend heiß, der Benzingestank machte mich duselig, aber nachts atmete ich die würzige Waldluft ein, die mich erfrischte und beruhigte. Das Wichtigste waren meine Übungen – alles andere zählte nicht. Mit Übereifer machte ich mich daran, verschiedene Stücke auswendig zu lernen. Ich hatte den Wunsch zu spielen, immerzu zu spielen, als ob alles Leben nur Echo war, eine farbige Fortsetzung der Musik. Und sobald ich übte, vergaß ich alles. Sogar Elliots Anwesenheit störte mich nicht mehr. Ich merkte kaum noch, dass er da war. In letzter Zeit trank er weniger, hatte ich den Eindruck, aber ich mochte mich täuschen. Eines Abends, als es mir gelungen war, die »Siziliana« von Bach ohne Noten zu spielen, fragte er: »Kann ich hereinkommen?«, und trat zögernd ins Zimmer. Ich warf mein Haar aus dem glühenden Gesicht.

»Ja?«, sagte ich misstrauisch.

Er bedachte mich mit einem langen, merkwürdigen Blick.

»Wie du spielen kannst! Ich hatte das früher nie geschafft.«

Vielleicht war es genau das, was ich von ihm hören wollte? Zum ersten Mal seit langer Zeit lächelte ich ihm zu.

»Geige spielen ist alles, was ich kann.«

Elliot kratzte sein Haar, das an den Schläfen immer dünner wurde.

»Tja, ich weiß nicht, wie du das machst, aber es hört sich gut an.«

»Ich habe eine gute Lehrerin«, sagte ich stolz, bevor ich den Geigenkasten zuklappte. Er merkte, dass ich ihn nicht mehr beachtete, und schlurfte stumm hinaus.

Es wurde September, bald fing die Schule wieder an. Ich machte mit, aus Gewohnheit sozusagen, war aber nie richtig bei der Sache. Lela ließ mich dösen, als ob das Thema sich von selbst erledigt hätte. Umso strenger behandelte sie mich beim Geigenunterricht, ließ mich mein Repertoire, das immer umfangreicher wurde, jedes Mal von Anfang bis Ende durchspielen und wieder und wieder von vorn anfangen. Als ob das alles furchtbar wichtig war und sie jede Lektion packen, pressen, zusammenfassen musste. Sie schien ungeduldig und reizbar, gleichzeitig müde und überdreht. Und immer in Eile, von Unruhe erfüllt. Was war nur mit ihr los? Mich brachte sie fast an die Grenze meiner Leistungsfähigkeit, ich wurde ungeschickt, zweifelte an mir selbst, machte absurde Fehler. Aber sie ließ nicht locker und ich hielt durch. Ich war nicht eine, die aufgab.

Der Herbst kam spät; bis Anfang November war der Himmel blau und klar. Die Bäume glühten feuerrot. Nachts sank die Temperatur, der Boden war hart gefroren. Endlich fiel der erste Regen. Er kam mit großem Krach und Donnerrollen, die Blitze erhellten die Wälder wie Leuchtfeuer. Dann hörte man tagelang nur das schwere Rauschen des Wassers. Als ich mit dem Fahrrad zum Unterricht fuhr, kämpfte ich aus Leibeskräften gegen die Windstöße an. Der Regen floss wie aus riesigen Himmelskübeln und meine Hände auf der

Lenkstange waren steif und rot, unter dem Ölmantel klebten die durchnässten Jeans kalt an den Beinen. Der Winter! Ich fühlte, dass er ganz nahe war, und hatte aus irgendeinem Grund ganz entsetzliche Angst.

»Komm bei diesem Wetter lieber nicht mit dem Fahrrad«, sagte Lela, als ich auf der Veranda meine Gummistiefel von den Füßen schüttelte.

Ich strich mein nasses Haar aus dem Gesicht.

»Macht mir nichts aus.«

»Aber nicht bei Glatteis!«, erwiderte Lela, im schroffen Ton. »Du sollst keinen Unfall riskieren!«

Mir fiel auf, wie blass sie war, mit Schatten unter den Augen und um der Nase. Sie ging schwerfällig vor mir die Treppe hinauf, wobei sie das linke Bein etwas nachzog.

»Haben Sie sich verletzt?«, fragte ich.

Sie wandte den Kopf. Ihr Gesicht war ausdruckslos.

»Nein. Wieso?«

Sie öffnete die Tür zum Erkerzimmer und setzte hinzu: »Heute spielen wir zusammen.«

Sie öffnete mit einem kleinen metallischen Schnappen das Schloss ihres Geigenkastens. Das Geräusch ging mir durch Mark und Bein. Sie hob den Deckel hoch. Im Licht glänzte die Geige wie dunkler Chinalack. Lela ergriff Geige und Bogen, liebevoll und mit großer Ehrfurcht.

»Wir spielen das Konzert von Max Bruch«, sagte sie. »Das Adagio.«

Ich fuhr leicht zusammen.

»Aber das ist doch viel zu schwierig für mich! Ich habe zu wenig geübt.«

»Du schaffst es schon.«

Meine Zähne gruben sich in die Unterlippe.

»Und außerdem ist das Stück so traurig!«

»Traurig?« Ihre goldenen Augen, auf die Geige gerichtet, blickten mich traumverloren an. »Wie kommst du darauf, dass es traurig sein könnte?«

Ich schüttelte den Kopf. Ich konnte nie sagen, wie es in mir aussah. Inzwischen machten wir die Instrumente bereit. Ich nahm die Geige in den Arm und stimmte sie. Lela gab den Takt an, nickte mir zu und begann zu spielen. Mir verschlug es beim Zuhören fast den Atem, so dunkel, so golden war der Ton. Seltsam, dachte ich, irgendwas in meiner Brust tut mir weh. Als mein Bogen die Saiten berührte, öffnete ich vor Schmerz ein wenig die Lippen. Mein Strich klang anders als der von Lela, viel heller und klarer, aber zusammen hörte es sich noch wunderbarer an. Wie stets, wenn Lela spielte, wirkte sie größer, als sie eigentlich war, aber diesmal hatte ich das Gefühl, dass sie keine Frau aus Fleisch und Blut war, sondern ein Geist, ein Wesen aus Dunkelheit. Das kam wohl daher, weil inzwischen Schatten das Zimmer erfüllten und sie im Gegenlicht stand. Und so spielten wir das Adagio, das alle Schmerzen und Sehnsüchte dieser Welt in einem einzigen melodischen Bild verschmilzt. Und gleichzeitig sang die Musik von Hoffnung und Trost, sprach von Liebe, von bleibendem Leben. Und als Lela endlich den Bogen senkte, fiel ein Lichtschimmer auf ihr Gesicht, das wieder ganz entspannt war, als habe sie, nach schweren Gedanken, endlich Frieden gefunden. Eine Weile schwiegen wir beide, vereint im selben Empfinden. Dann lächelte sie mir zu. Ich sah das flüchtige Aufblitzen ihrer Zähne.

»Es war doch gar nicht so schwer, oder?«

Ich holte gepresst Atem.

»Ich habe lausig gespielt.«

»Nein, das hast du nicht. Du hast den Fingerakzent nicht ganz an der richtigen Stelle eingesetzt, was das Vibrato zu wenig intensiv machte. Aber das kommt schon. Ich wollte Bruch schon lange mal wieder spielen, aber ich war nie in der richtigen Stimmung dazu.«

Sie legte behutsam die Geige in den Kasten zurück, blickte mit einem kleinen Seufzer zum Fenster hinaus. Der Regen prasselte, Tropfen hingen zitternd an der Scheibe. In großer Höhe über dem Haus hörte ich plötzlich Vögel kreischen.

»Zwergschwäne«, sagte ich. »Sie ziehen nach Süden.«

Lela rieb mit den Fingern an dem Glas, als könnte sie die Tropfen wegwischen.

»Es ist noch warm«, murmelte sie.

»Sobald Sturm aufkommt, friert es. «

Sie neigte den Kopf, lehnte die Stirn an die dunstige Scheibe.

»Ich mag den Winter nicht«, sagte sie tonlos. »Ich habe ihn nie gemocht.«

12. KAPITEL

Am nächsten Tag kam Nebel auf, drückte dumpf und weiß auf die Dächer. Die Regentropfen schienen irgendwie aus dem Weiß zu fallen wie aus dem Nichts. Alles troff vor Nässe, die ganze Welt schwamm im Wasser. Nach der Schule fuhr ich zum Supermarkt, kaufte Milch und Brot ein. An der Kasse zahlte ich sorgfältig mit meinem letzten Kleingeld. Morgen war Monatsende, zum Glück. Die Wohlfahrt schickte den Scheck für meinen Vater und für gewöhnlich lagen am gleichen Abend ein paar Dollarscheine auf dem Küchentisch. Vor dem Laden verstaute ich mein Zeug unter dem Regenmantel und wollte gerade mit meinem Fahrrad losfahren, als ich mit einem Jungen zusammenprallte, der gerade seine nasse Kapuze ausschüttelte.

»Hi Shana«, sagte Alec.

Ich starrte ihn an wie vom Blitz getroffen. Die Hitze schoss mir ins Gesicht.

»Hallo«, sagte ich tonlos und wäre am liebsten davongestürzt.

»Wie geht es dir?«, fragte er.

»Ganz gut.«

Schweigen. Wir blickten uns an. Alec sah anders aus

als früher. Erwachsener, irgendwie. Er war schon ein Mann und ich nur ein Schulmädchen.

»Wie lange bleibst du hier?«, stammelte ich.

Er blinzelte mir zu.

»Nur bis morgen. Meine Mutter hat mal wieder geheiratet. Zum dritten Mal. Sie hat es getan, was soll ich dazu sagen. Aber Francis, der ist eigentlich ganz nett.«

»Oh«, machte ich unbestimmt.

»Es war mehr so eine Familienfeier«, sagte Alec.

»Dachte ich mir schon.«

Abermals Schweigen. Er lächelte mir vorsichtig zu.

»Sag, hast du Zeit?«

»Wozu?«

»Zu einer Cola?«

Ich schluckte schwer.

»Ich … ich habe kein Geld mehr.«

»Komm«, sagte er, »ich lade dich ein.«

Neben dem Supermarkt befand sich eine Bar. Fast alle Tische waren frei. Wir setzten uns. Alec bestellte eine Cola, ich wollte lieber einen Kaffee. Mir war schon den ganzen Tag kalt, ich hatte Kopfschmerzen und die Schultern taten mir weh.

Alecs ebenmäßiges Gesicht war braun gebrannt, die Augen klar und schwarz. Er trug immer noch den silbernen Ring in der linken Augenbraue. Ich sah, dass er meine Hände mit den abgekauten Nägeln betrachtete, und presste sie unwillkürlich zwischen meine Knie.

»Lässt du dein Haar jetzt wachsen?«, fragte er.

Ich nickte.

»Bis auf die Schultern.«

»Steht dir gut.«

»Findest du?«

»Finde ich.«

Stille. Wir saßen befangen da wie unter einer massiven Glasglocke. Ich dachte mir ständig irgendwelche schlauen Sätze aus und verwarf sie doch alle gleich wieder.

»Und du? Was machst du jetzt?«, gelang es mir schließlich zu fragen. Er schien erleichtert, dass ich redete.

»Herumlungern jedenfalls nicht. Ich bin auf einer Filmschule.«

»Spannend?«

»Doch. Mir gefällt das.«

Er erzählte von Spezialeffekten, von Video und Computersimulation. Daneben machte er eine praktische Ausbildung in einer Multimedia-Agentur.

Mir war auf merkwürdige Weise schwindlig. Ich nippte vorsichtig an meinem Kaffee, obwohl er nur lauwarm war.

»Und wo wohnst du?«

»Im Studentenheim war kein Platz mehr. Ich habe ein Zimmer bei einer Arztfamilie. Nette Leute, die Mutter kommt aus Deutschland. Sie haben ein Segelboot, mit dem sie am Wochenende hinausfahren. Da brauchen sie Hilfe und ich habe Muskeln. Und ich kann es den Wellen ansehen, wie weit weg ein Sturm ist und wie stark er weht. Das imponiert den Leuten.«

Er lachte. Sein Gesicht war um eine Spur dunkler geworden.

»Am Anfang wurde ich seekrank. Jetzt geht es besser. Aber erzähl von dir.«

Ich zeichnete mit dem Finger Ringe auf das Holz.

»Mrs Woodland gibt mir Geigenunterricht.«

Er nickte.

»Ja, ich weiß.«

»Wer hat dir das gesagt? Deine Mutter?«

Er lachte.

»Nein. Mein neuer Vater, diesmal.«

Ich lachte auch. Ich wusste nicht, woran es lag, aber ich atmete freier.

»Meine Lehrerin sagt, vielleicht kriege ich ein Stipendium.«

»Klasse«, sagte Alec. »Noch zehn Jahre und wir schnappen den Bleichgesichtern alle guten Jobs weg!«

Vielleicht hätten die Dinge anders ausgehen können, damals. »Tut mir leid«, hätte ich sagen sollen, »– ich kann das Kleid nicht finden. Schade, aber da ist nichts zu machen. Du tanzt und ich warte und wir sehen uns nachher, okay?« Etwas in diese Richtung. Die Wahrheit hätte ich ihm später mal sagen können. Und falls ihm etwas an mir lag, hätte er die Sache auch akzeptiert. Stattdessen hatte ich mich wie eine Kuh benommen. Bevor es schiefging mit uns, war es schön. Diese eine Nacht mit ihm nach dem Powwow, die konnte ich nicht vergessen. Aber sie kam mir jetzt so unwirklich wie ein Traum vor. Und der junge Mann, der mir ge-

genübersaß, war nicht mehr ganz der Mensch, den ich von früher kannte. Aber vielleicht dachte er dasselbe von mir?

Er schien zu zögern, blickte angestrengt in seine Cola, nahm einen Schluck.

»Shana, hör zu ... ich muss dir etwas sagen. Die Sache mit dem Kleid, erinnerst du dich? ...«

Ich starrte in meine leere Tasse. Nicht nur mein Gesicht, nein, alles in mir schien zu glühen. Alec sah verlegen aus, dabei war es sonst gar nicht seine Art. Auch ihm war die Sache peinlich.

»Ich wusste das nicht vorher, verstehst du? Fiona hat mir dann gesagt, wie es war.«

Mein Mund war trocken, ich konnte kaum sprechen.

»Deine Mutter ... wie hat sie das erfahren?«

»Ach, der übliche Klatsch, du weißt schon. Fiona war wütend auf Elliot. Sie sagte, so was tut man nicht. Da ist mir vieles klar geworden. Warum hast du mir nichts gesagt?«

Mein Herz schlug hart an die Rippen.

»Entschuldige, ich konnte einfach nicht klar denken. Ich ... ich schämte mich so. Ich wollte nicht, dass man über meinen Vater redete. Das musst du doch verstehen!«

»Sicher.«

»Es war idiotisch.«

Er schüttelte den Kopf.

»Überhaupt nicht. Ich an deiner Stelle ...«

»Ja, nicht wahr?«

Er schaute mir direkt in die Augen und diesmal wandte ich den Blick nicht ab.

»Ich meine, wenn diese Sache jetzt passiert wäre, da hätte ich mit dir reden können. Aber damals, nein. Das war ein echtes Problem für mich.«

Er runzelte die Stirn.

»Wir haben die ganze Geschichte verpatzt, oder?«

»Ich habe vieles falsch gemacht.«

»Ich auch«, gab er zu.

Die Zeit schien plötzlich langsamer zu gehen. Der Druck auf meiner Brust lockerte sich. Vielleicht war doch nicht alles so kaputt zwischen uns, wie ich dachte. Vielleicht konnten wir es noch einmal versuchen. Aber dann veränderte sich etwas in seinem Blick. Er holte tief Luft. Und ich hatte das Gefühl einer Katastrophe.

»Shana, ich will ganz ehrlich zu dir sein. Du kannst ja davon halten, was du willst, aber die Sache zwischen uns, die lässt sich nicht zurückholen. Da stimmt jetzt vieles nicht mehr. Schicksal oder so ähnlich. Siehst du, die Leute, bei denen ich wohne, die haben eine Tochter. Sie geht zur Filmschule wie ich. Und … und wir verstehen uns sehr gut.«

In meinen Ohren summte die Stille, füllte sich allmählich mit Musik. Jemand ließ eine CD von Paula Abdul laufen. Die Musik quälte mich, aber sie war da, überall, ich konnte ihr nicht entfliehen. Ich sagte, sehr leise: »Hast du … hast du kein Bild von ihr?«

»Doch.«

Er wühlte in seiner Windjacke, brachte eine Brieftasche zum Vorschein. Sichtlich verlegen zog er ein Bild heraus und zeigte es mir. Ein braun gebranntes Mädchen, lachend. Über ihre Stirn fielen dunkle Locken, das übrige Haar hatte sie nach hinten gekämmt. Das gelbe T-Shirt ließ ihre Arme frei, der linke Träger war auf den Oberarm gerutscht. Das Foto war auf der Segeljacht aufgenommen worden. Das Mädchen blickte gelöst, ihre Augen blinzelten kaum im Geglitzer der Wellen.

Ich schluckte.

»Wie heißt sie?«

»Juline«, sagte Alec.

Ich fragte nicht, ob er sie liebte: Ich sah es an seinem Blick.

13. KAPITEL

Das Rauschen des Regens schwieg bei Tagesanbruch. Die Temperatur begann zu sinken, ich spürte die Kälte in den Knochen wie die alten Frauen. Türen und Fenster knarrten. Die Nebel brachen auseinander und die Morgensonne kam durch. Aber der Himmel zeigte Winterfarbe. Das war kein Irrtum. Er war sehr hoch und sehr klar, von einem merkwürdig scharfen Blau. Es war Samstag und ich hatte schulfrei. Am Nachmittag hatte ich Geigenunterricht. Als ich meinen alten Pullover anzog, sah ich den ausgeribbelten Ärmel. Ich strickte gern; hätte ich die richtige Farbe, könnte ich den Ärmel ausbessern. Als ich zum Warenhaus fuhr, fiel mir auf, dass der Schlamm bereits trocknete. Gelb gefärbte Blätter lagen wie Schoten zusammengerollt unter den Sträuchern. Es war wirklich kalt geworden, meine Nase lief und der scharfe Wind brannte mir in den Augen. Im Warenhaus fand ich nicht die Farbe, die ich suchte. Also kaufte ich braune Wolle als Kontrast. Ich würde die Ärmel neu stricken und einen Rollkragen dazu. Ich hatte ein ähnliches Modell in einer Modezeitschrift gesehen, das mir gut gefiel. Als ich nach Hause fuhr, war es noch kälter als vorher. Die Wolken hatten eine wirklich komische Farbe, ein fast grünliches Blau. Das Licht stand im seltsamen Winkel schräg über dem Haus, das mir plötzlich verwittert und schief vorkam. Als Melanie noch lebte, sagte sie zu Elliot, mach dies, mach das, und er besserte die Dinge aus. Jetzt waren zwei zerbrochene Scheiben mit Pappe vernagelt. Auch kochte meine Mutter stets Vorräte für den Winter, trocknete Früchte oder machte sie ein. Ich hatte im Herbst Früchte eingemacht und hoffte, dass sie nicht verschimmelten. Immerhin hatte sich Elliot um Brennholz gekümmert. Ich konnte zwar mit Axt und Keil gut umgehen, aber er sagte: »Lass das, du machst dir die Finger kaputt.« Manchmal raffte er sich tatsächlich auf und es ging ein paar Tage lang gut mit ihm. »Der Schmerz ist eine Krankheit«, hatte Lela gesagt. »Sie braucht Jahre, bis sie heilt.« Vielleicht war Melanies Geist nicht stark genug, um ihm zu helfen? Oder doch? Ich stellte mir oft die Frage, aber wusste nie eine Antwort.

Als ich zum Fahrrad ging, lief ich schnell wieder ins Haus, holte meinen Parka, so kalt war es geworden. Der Wind blies um die Ecken und über die freien Plätze wie ein Wasserstrahl. Abgerissene Blätter kamen in ganzen Büscheln geflogen.

Lelas Geländewagen stand nicht vor dem Haus. Wahrscheinlich hatte sie ihn in die Garage gebracht, damit die Reifen für den Winter montiert wurden. Ich suchte für mein Fahrrad eine geschützte Stelle an der Hauswand und ging die Stufen zur Veranda hinauf. An der Tür war ein kleiner Zettel mit Klebestreifen geheftet. »Shana, mein Vater hat gerade angerufen. Er muss Formulare für die Versicherung ausfüllen. Er hat sie vergessen und jetzt wird es dringend. Ich bin in einer halben Stunde wieder da. In der Küche steht Apfelkuchen.«

Es passierte ab und zu, dass sie zur verabredeten Zeit nicht da war. Dann begann ich zu üben und bald kam sie. »Ich mag es, wenn Musik aus dem Fenster klingt«, hatte sie mal gesagt. »Es hört sich so vertraut an und gibt mir das Gefühl, dass ich richtig hier wohne.«

Ich tastete nach dem Schlüssel, der in einem Blumentopf auf der Fensterbank lag, und schloss die Tür auf. Meine Finger waren ganz steif – ich musste mir unbedingt Handschuhe stricken. Es war noch früh, knapp halb drei, aber der Nordwind brachte dunkle Wolken. Ich machte Licht. Dieses komische Gefühl im Bauch mochte Hunger sein. Ich ging in die Küche. Bis auf einen Teller mit einem großen Stück Apfelkuchen war der Tisch leer. Gierig verschlang ich den Kuchen. Als ich den Teller zum Abwaschen in die Spüle brachte, fiel er mir aus der Hand, zersprang auf den Fliesen.

»Scheiße!«, murmelte ich, holte Handfeger und Schippe und fegte die Scherben auf. Ich verließ die Küche mit schlechtem Gewissen, wanderte im Wohnzimmer auf und ab. Ich hätte jetzt üben sollen, aber irgendwas machte mich ganz kribbelig. Eine unbekannte, beklemmende Unruhe stieg in mir auf. Ich trat dicht ans Fenster heran. Lela musste jeden Augenblick kommen. Aber nein – nichts. Die Wolken hatten eine komische

Farbe, wirklich. Auch der Wind hörte sich jetzt anders an; er sang heller und auch klarer, beinahe wie eine Schelle. Die Böen schienen außen am Haus zu kratzen, die Scheiben vibrierten ganz leise. Nach einer Weile ging ich die Treppe hinauf, zum Erkerzimmer. Die Tür von Lelas Schlafzimmer war nur angelehnt. Ich stieß sie vorsichtig auf. Den Raum sah ich zum ersten Mal. Der wuchtige Spiegelschrank, das große Bett, der Frisiertisch mit seiner dicken Marmorplatte entsprachen keineswegs Lelas Geschmack: Sie bevorzugte einfache Dinge. Das Bett war gemacht, die Decke aus schwerem Satin sorgfältig glatt gezogen. In einem altmodischen Messingrahmen hing das schwarz-weiße Porträt einer Frau. Ich trat näher, um es genau zu betrachten. Es war die Großmutter, kein Zweifel. Den Kopf hielt sie leicht zur Seite geneigt, ihr fülliges, glattes Haar war straff geflochten. Sie trug einen Ohrring in Form einer Kette, an dem ein silbernes Glöckchen baumelte. Ich hatte bei mir selbst festgestellt, dass beide Gesichtshälften nie gleich sind. Bei Sunke Nagi war diese Eigenart besonders ausgeprägt. Die eine Seite des Gesichtes deutete ein Lächeln an, zärtlich, fast kindlich. Die andere Seite zeigte Freimut, Eigensinn und Stolz. Ihr Blick war scharf. Sie war eine selbstbewusste Frau, eine Frau, der man zu gehorchen hatte. Gleich gegenüber hing das Ölbild eines Wolfes. Nur der Kopf und sonst nichts. Das Tier hob sich düster aus einer verschwommenen blauen und grünen Fläche ab. Die Augen leuchteten golden. Es waren, dachte ich, mehr Menschenaugen als Tieraugen. Eine große Ruhe lag in diesem Blick und doch kam mir das Bild ungeheuer lebendig und geheimnisvoll vor. Ich fühlte mich im Banne eines Schattens, eines Schattens, der mir wohlgesinnt, aber stärker war. Ich lief hinaus, mit klopfendem Puls. Das, was auch immer sich im Zimmer befand, nahm mir meine Flucht sicher nicht übel.

Im Übungszimmer öffnete ich meinen Geigenkasten, stellte mich vor die Partitur und stimmte die Geige. Meine Hand zitterte, irgendetwas war total verkehrt. Schon bei den ersten Noten erkannte ich die Unmöglichkeit, mich auf das Spiel zu konzentrieren. Alles in mir war in Aufruhr. Außerdem war es so dunkel geworden, dass ich kaum die Noten erkannte. Ich ging zum Schalter, um Licht zu machen, als ich ein merkwürdiges Geräusch hörte: Es war, als ob Schrot gegen die Scheiben prasselte. Plötzlich zuckte ein Blitz auf, tauchte das Fenster in grelles Licht. Der Lärm des Donners krachte, ohrenbetäubend. Die ganze Welt war in weißes Flackern getaucht. Ein Eissturm! Lichter sprangen von Wolke zu Wolke, die Eisbrocken fegten mit ungeheurer Gewalt heran, schlugen Äste von den Bäumen, zertrümmerten Scheiben. In wenigen Minuten war der Boden gläsern weiß. Ich spähte angstvoll durch die Scheiben. Lela! Was, wenn sie bereits unterwegs war? Vielleicht konnte ich sie noch rechtzeitig warnen! Eisstürme zogen oft in breiten Wogen vorbei, verschonten eine Gegend, verwüsteten die nächste. Das Telefon war unten in der Diele. Ich rannte die Treppe hinunter.

Neben dem altmodischen Wandapparat war ein Zettel angebracht, auf dem verschiedene Nummern standen. Ich fuhr mit dem Finger den Zettel entlang, fand die richtige Nummer. Mein Herz klopfte wild. Zitternd nahm ich den Hörer ab, tippte die Nummer. Bange Sekunden vergingen. Nichts, nur ein Signalton. Lela telefonierte gerade oder hatte das Handy ausgeschaltet. Draußen krachte und tobte der Sturm, Eisschauer prasselten an die Scheiben. Der Schweiß brach mir aus allen Poren. Ich wählte die nächste Nummer, hörte ein fernes Läuten. Endlich wurde abgenommen.

»Ja?«, meldete sich eine alte Stimme.

»Ist dort Mr Woodland?«, rief ich. »Josua Woodland?«

»Ja, wer ist da?«, fragte unruhig die Stimme.

»Ich bin Shana … Shana Reed! Mrs Woodland gibt mir Geigenunterricht.«

»Ach, Shana!« Die Stimme tönte jetzt freundlicher, wenn auch besorgt. »Ja, Kind, ich weiß, wer du bist. Was ist los? Warum rufst du an?«

»Ich … ich bin bei Lela, bei Mrs Woodland, meine ich, und warte auf sie. Aber sie sollte jetzt nicht fahren. Wir haben einen ganz fürchterlichen Eissturm!«

Es folgte ein langes, atemloses Schweigen.

»Hallo?«, rief ich. »Hallo? Sind sie noch da? Kann ich mit Lela sprechen?«

»Sie ist fort«, keuchte der alte Mann. »Schon lange …«

Es war, als ob alles in mir stockte. Atem, Blut, das Leben selbst.

»Wie lange?«, flüsterte ich.

»Eine Stunde oder so? Sie sah, dass Sturm aufkam.« Lelas Vater sprach atemlos und bestürzt. »Ich weiß es nicht genau, ich habe geschlafen. Sie müsste schon längst da sein …«

Wahrscheinlich saß sie in einem Stau fest. Die Straßenverhältnisse mussten scheußlich sein.

»Der Verkehr ist ein Chaos, ich sehe es vom Fenster aus«, sagte Josua Woodland. »Zum Glück hat sie ihr Handy …«

»Das hat sie ausgeschaltet.«

»Ausgeschaltet? Das kann nicht sein.«

Panik erfüllte mich. Ich spürte, wie der alte Mann diese Panik allmählich teilte.

»Da stimmt etwas nicht. Ich rufe die Polizei an. Sobald ich etwas erfahre, sage ich dir Bescheid.«

Ich nickte fieberhaft, als ob er mich sehen konnte.

»Ich warte neben dem Telefon.«

»Und wenn sie inzwischen eintrifft …«

»Ruft sie sofort an, das ist klar. Machen Sie sich keine Sorgen!«

Ich legte den Hörer auf. Im selben Augenblick schoss ein Blitz wie eine weiße Stichflamme vom Himmel. Ein Donnerschlag krachte. Es war, als ob die Welt in Stücke flog. Schlagartig ging das Licht aus. Geblendet stand ich in völliger Dunkelheit und schon kam der nächste Blitz wie ein Schmerz in den Augen. Die Blitze kamen jetzt Schlag auf Schlag und jedes Mal krachte der Donner wie verrückt. In meinen Ohren sauste es. Ich bohrte mit den Fingern darin herum. Der taube Druck verging nicht. Einige Blitze sahen wie Schlangen aus, andere flackerten violett durch die Wolken. Das Gemeine war, dass ich nicht wusste, was draußen los war. Und warum rief Lelas Vater nicht an? Funktionierte das Telefon überhaupt noch? Zitternd nahm ich den Hörer ab. Kein Anschluss mehr – Stille. Der Blitz hatte die Leitung getroffen. Meine Haut prickelte. Ich lief ins Wohnzimmer, stellte den Fernseher an. Der Bildschirm blieb dunkel. »Scheiße!«, flüsterte ich vor mich hin. Ich ging ein paar Schritte zum Fenster. Das Aufzucken der Blitze war jetzt hinter den Bäumen, als sähe ich ihre schwarzen Umrisse auf mich zugeschleudert kommen. Der Eisregen prasselte. Ich dachte, ich muss die Fensterläden schließen. Dann würde es im Haus stockdunkel sein. Lela hatte eine Taschenlampe. Wo mochte sie sein? In der Diele stand ein kleiner Schuhschrank. Ich öffnete eine Schublade und hatte Glück – da war sie! Auch die Batterie war in Ordnung. Ich zog meinen Parka an, schlüpfte in meine Stiefel und ging nach draußen in den tobenden Wind. Die schweren Läden ließen sich nur mit größter Anstrengung schließen. Ich stemmte mich mit meinem ganzen Gewicht gegen das Holz und drückte sie zu, bis ich es geschafft hatte. Dann ging ich mit der Taschenlampe nach oben, beugte mich in die eisige Luft hinaus, zog alle Läden fest zu. Ich klapperte mit den Zähnen, konnte kaum noch denken. Was ich jetzt dringend brauchte, war ein heißer Tee. Lela hatte einen Gasherd. Ob der wohl funktionierte? Ich ging in die Küche und probierte es vorsichtig. Ja, zum Glück! Ich knipste die Taschenlampe aus, um die Batterie zu sparen. Im Licht der Gasflamme ließ ich den Kessel voll laufen, stellte ihn auf die Platte. Und wo war die Kanne? Ach ja. Ich fror bis ins Mark, rieb mir die Schultern mit kreisenden Bewegungen. Das weiße Licht zuckte in den Ritzen der Läden, aber der Sturm beruhigte sich allmählich. Der Donner krachte weiter weg. Bald kochte das Wasser. Ich hing einen Teebeutel in die Kanne, stellte die Zuckerdose daneben und ließ den Tee ziehen. Nach einer Weile goss ich den Tee in die Tasse, füllte drei Löffel Zucker hinzu. Ich setzte mich an den Küchentisch, schlürfte den Tee fast kochend heiß. Und für eine Weile gelang es mir, alle Gedanken auszuschalten. Ich saß einfach nur da und sammelte meine Kräfte.

14. KAPITEL

Dann war die Tasse leer. Ich holte tief Atem, schaukelte mich langsam vor und zurück. Das Gefühl, dass Lela mich brauchte, nahm jede Sekunde zu. Ich musste aus dem Haus, so viel war sicher. Vielleicht half mir jemand mit seinem Mobiltelefon aus? Aber was nützte das, wenn sie selbst … Ich biss mir hart auf die Lippen. »So geht es nicht!«, sagte ich laut. Meine eigene Stimme kam mir fremd und heiser vor. Draußen war es ruhiger geworden, schon eine ziemliche Weile. Bis nach Clinton waren es zehn Minuten mit dem Auto. Eine halbe Stunde mit dem Rad? Etwas länger. Aber bei Glatteis? Nein. Viel zu gefährlich. Zu Fuß, immer der Straße entlang? Mal probieren, ob ich das schaffte. Konnte ja sein. Ich stellte Tasse und Teekanne in die Spüle, zog meinen Parka an und öffnete die Haustür. Draußen herrschte eine derart grimmige Kälte, dass das Luftholen schmerzte. Alles war merkwürdig ruhig, wie erstarrt. Der Boden war spiegelblank gefroren, die Bäume trugen Eiskristalle. Weit weg im Süden zuckten kleine Blitze, aber das hatte nicht mehr viel zu bedeuten. Ich zog die Kapuze tief über meine Stirn, steckte die Taschenlampe ein. Nach kurzem Zögern nahm ich auch Lelas Handschuhe. Sie waren aus gutem Leder und warm gefüttert. Meinen Fingern durfte nichts passieren. Ich schlüpfte in die Stiefel, schloss die Tür ab und legte den Schlüssel an seinen Platz. Vorsichtig setzte ich mich in Bewegung. Der Atem stand wie eine weiße Wolke vor meinem Gesicht. Es war, als ob der Sturm alles Leben erstickt hatte. Nebel verbanden sich mit einer eisigen Atemstille rund um das Haus. Ich hatte erwartet, eine Menge Leute zu treffen. Aber draußen war kein Mensch, kein Auto fuhr, kein Hund bellte und keine Krähe schrie. In den Fenstern war nicht ein einziges Licht. Als ob es keine Lebewesen mehr gab, als ob der Eissturm alle Herzen erfroren hätte. Ich wanderte auf einer Eiskruste und fühlte, wie meine Kleider mit jeder Minute kälter wurden. Meine Stiefel waren rutschfest, wenigstens das. Gleich nach der Kreuzung machte die Straße einen Bogen, dem Wald entlang. Irgendwo in der Ferne heulte die Sirene eines Polizeiautos. Ich lauschte angestrengt, drehte den Kopf leicht im Wind hin und her. Doch der Wagen fuhr in eine andere Richtung. Dann wieder Schweigen. Ich stapfte weiter. Es war eine merkwürdige Unrast, die mich trieb, und doch wusste ich mit größter Klarheit, dass ich mich in Gefahr begab. Zweimal rutschte ich aus, ohne dass ich mir dabei wehtat. Über der weiß gefrorenen Welt lag blasses Winterlicht, hinter den Wolken schimmerte die sinkende Sonne. Die Landschaft war wunderschön, aber diese Schönheit schien tödlich. In der Kälte klingen Geräusche besonders scharf und deutlich. Aber ich hörte nichts, die Stille war nahezu gespenstisch. Nur ab und zu platzte ein gefrorener Ast. Auf der Straße waren weder Reifenspuren noch Fußstapfen zu sehen. Der dunkle Asphalt schimmerte durch die Eiskruste. Mir war, als wanderte ich über zugefrorenes Wasser. Etwas weiter sah ich die Kabel der Hochspannungsleitung wie dicke, eisglitzernde Fäden über dem Boden hängen. Hier war die höchste Stelle von Beaver Creek, ein kleiner Hügel. Von hier aus konnte man die Wälder überblicken. Dort, mitten auf der Straße, versperrte eine Eiswehe die Durchfahrt. Kniehoch nur, aber spiegelblank gefroren wie eine hart glitzernde, versteinerte Welle. Solange die Schneefräse nicht kam, konnte kein Wagen vorbei. Mir war jetzt warm vor Anstrengung, mein Gesicht brannte. Es gab noch eine zweite Straße, die einen Umweg nach Norden machte. Möglicherweise hatte Lela diese andere Strecke gewählt und saß in einem Stau fest. Kalte blaue Dämmerung senkte sich auf das Eis. Weiter gehen war nicht nur sinnlos, sondern leichtsinnig. Gerade wollte ich umkehren, als ein bleicher Lichtstreifen durch die Wolken schien. Die im weiten Bogen abfallende Straße lag plötzlich hell da. Und weil ich gute Augen hatte, fielen mir in etwa dreihundert Meter Entfernung zwei dunkle Linien auf. Sie führten schräg über den vereisten Asphalt und schweiften plötzlich ins Leere ab. Mein Herz klopfte hart an die Rippen. Ich ging um die Schneewehe herum, stapfte hastig weiter. »Was hast du denn, was?«, murmelte ich. Der Wald säumte die rechte Straßenseite wie eine dunkle Wand, die linke fiel in ein kleines Tal ab. Als ich mich den Spuren näherte, lief mir ein Schauder durch den ganzen Körper, bis in die Kniekehlen hinunter. Die Furcht drückte gegen Eingeweide und Lunge, bis ich kaum noch Luft bekam. Und dann stand ich am Straßenrand, spähte vorsichtig hinunter. Die Böschung fiel fast senkrecht vor meinen Füßen ab; ganze Brocken von Erde und Eis waren herausgerissen worden. Auf halber Höhe lag ein Geländewagen. Das verunglückte Fahrzeug war nicht völlig abgerutscht, ein paar Bäume hatten seinen Sturz aufgehalten. Der Wagen lag schräg, die Räder auf der linken Seite. Ich stellte mir vor, wie das Fahrzeug auf den Straßenrand zugerutscht war, wie die Räder auf dem eisbedeckten Gras ins Schleudern gekommen waren. Zum Glück war kein Benzin aus dem Tank geflossen. Trotzdem hatte es einen gewaltigen Aufprall gegeben. Dach und Türen waren eingedrückt, die Fenster zersplittert. Eine Art Nebel schwamm in meinem Kopf; jemand hatte mal gesagt, so fühle man sich, wenn man ohnmächtig wird. Im Dämmerlicht war der Wagen nur undeutlich zu erkennen. Ich konnte auch nicht sehen, ob sich noch ein Mensch im Fahrzeug befand. Als ich den Mund öffnete, drang eisige Kälte in mir ein. Mir war, als ob die Luft gespalten wäre.

»Hallo! Ist jemand da?«

Stille. In mir wirkte dunkel und bedrückend die Angst. Plötzlich glaubte ich, einen schwachen Ruf zu hören. Es klang wie ein Stöhnen. Ich zuckte heftig zusammen. Für eine Sekunde stand ich da, starr wie ein Stein. Dann rief ich hinab: »Ich komme!«

Ich warf die Kapuze zurück, um besser zu sehen, holte die Taschenlampe hervor und knipste sie an. Die Böschung war steil, aber weniger glatt, als ich angenommen hatte. Vorsichtig ließ ich mich über den Straßenrand gleiten, wobei ich mit den Füßen tastete. Die Dornen vereister Brombeerranken blieben an meinen Kleidern hängen. Zum Glück trug ich Lelas Handschuhe. Der abgestürzte Wagen hatte die Eisschicht teilweise weggerissen und meine Stiefel fanden auf Erdschollen und Wurzelknollen Halt. Halt. Da – wieder das Stöhnen, lauter diesmal.

»Ich komme!«, wiederholte ich. Schweiß verklebte mir die Augen, ich wischte mir mit dem nassen Ellbogen das klebrige Haar aus der Stirn. Ab und zu blickte ich zum Wagen hinunter und plötzlich verlor ich die letzten Zweifel.

»Lela!«, schrie ich.

Die Sekunde Unaufmerksamkeit genügte: Ich glitt aus und fiel. Beim Fallen rutschte ich auf der glatten Stoffoberfläche meines Parkas wie auf einem Schlitten. Kleine Steine sausten prasselnd an mir vorbei. Instinktiv streckte ich den Arm aus, fand einen Ast, an dem ich mich halten konnte. Mein Herz schlug zum Zerspringen. Es gelang mir, mich durch eine seitliche Bewegung hochzustemmen. Ich blinzelte, wischte mir die eiskalte Erde aus dem Gesicht. Sand, der nach Moder schmeckte, knirschte unter meinen Zähnen. Die

Stimme im Wagen sagte ein paar Worte, die ich nicht verstand. Ich richtete mich auf, hielt mich vorsichtig im Gleichgewicht. Hier war die Eisschicht verlässlich. Noch zwei Schritte und ich stand bei dem verunglückten Wagen. Ich riss mit aller Kraft an der Tür und es gelang mir tatsächlich, sie zu öffnen.

»Shana«, hörte ich Lela sagen. »Wo kommst du her?«

Ihre Stimme, aus dem Inneren des Wagens, klang heiser und matt. Mit einem Klimmzug zog ich mich am Türrahmen nach oben und sah in das Fahrzeug. Lela hing blass und halb bewusstlos in ihrem Sitzgurt.

Zitternd fragte ich: »Hast du Schmerzen?«

Ihr Atem ging stoßweise.

»Mein Bein. Irgendwas ist mit meinem Bein.«

»Bist du eingeklemmt?«

Sie keuchte leise.

»Ich … ich weiß es nicht.«

Nun mal ruhig, dachte ich, nun mal ganz ruhig. Ich rutschte in den Wagen, kroch über den Vordersitz. Meine tastenden Hände fanden den Verschluss des Gurtes. Er war irgendwie verbogen. Kein Wunder, dass Lela, schwach wie sie war, ihn nicht öffnen konnte. Ich zerrte und zog mit aller Kraft und plötzlich sprang der Verschluss auf. Lela sackte seitwärts ab; ein Schmerzensschrei entfuhr ihr. Offenbar hatte sie das Bein gebrochen. Oder schlimmer. Was nun? Ich hatte nie einen Erste-Hilfe-Kurs besucht, aber ich wusste, dass man Verletzte auf keinen Fall bewegen durfte. Außerdem konnte eine Gewichtsverlagerung schlimme Folgen haben. Bei jeder unbedachten Bewegung vibrierte das Autowrack; die Büsche erzeugten unheimlich knarrende Geräusche. Ich presste die Lippen zusammen. Beherrschte mich. Sprach ruhig.

»Lela, ich kann das nicht alleine. Ich muss Hilfe holen …«

»Geh nicht weg!«

Sie packte das Lenkrad, versuchte, sich aufzurichten, und fiel mit einem Schrei wieder zurück. Ihre Finger waren dunkel und nass. Ich schluckte würgend.

»Du blutest ja …«

Sie nickte nur. Sie musste furchtbare Schmerzen haben, und das schon seit Stunden. Ungeschickt tastete ich nach der Taschenlampe, knipste sie an. Lelas Augen zuckten und blinzelten im Licht. Sie sah entsetzlich aus, verschrammt und blutverschmiert.

»Lass mal sehen …«, murmelte ich.

Sie wandte das Gesicht ab, während ich leuchtete. Lela trug helle Jeans. Jedenfalls waren sie hell gewesen, jetzt waren sie bis zur Taille mit Blut getränkt. Blut war auch auf dem Sitz, auf dem Boden, überall. Lelas linkes Bein war merkwürdig verdreht. Aber woher kam das Blut? Ich leuchtete tiefer. Und da sah ich, was geschehen war: Als das Fahrzeug gegen den Baum prallte, hatte ein Ast das Fenster zerschmettert, sich wie ein Pfahl in Lelas Oberschenkel gebohrt, die Muskeln zerrissen und eine Ader getroffen. Sie war am Verbluten.

Jemand schluchzte leise. Das Schluchzen ging mir

durch Mark und Bein; es war mein eigenes. Lelas Augenlider flatterten. Ihr entstelltes Gesicht war weiß und eingefallen. Sie keuchte: »Nimm das Licht weg!«

Ich knipste die Lampe aus. Ich atmete den schweren, warmen Geruch ihres Blutes ein. Irgendwie musste ich die Besinnung bewahren. Keiner konnte sie jetzt retten, wenn nicht ich. So zwang ich mich zur Ruhe, obwohl Panik mich schüttelte, nahm Lelas Hand und hielt sie fest in den meinen.

»Sei ruhig. Alles wird gut. Es wird nicht lange dauern.«

»Nein …«, flüsterte sie. »Sie hat mich gerufen.«

Meine Zunge klebte am Gaumen.

»Wer hat dich gerufen, Lela?«

Sie sprach mit großer Mühe. Ihre Wangen waren unter den Backenknochen eingesunken, die Lippen verkrustet.

»Sunke Nagi. Ich sah sie im Traum. Sie sagte: ›Komm, Lela, die Wölfin ist da.‹«

Ein Grauen überlief mich. Ich stammelte: »Sei ganz ruhig, Lela! Ich gehe jetzt und …«

»Nein!«

Ihr Kopf schwankte, fiel seitwärts. Ich hatte das Gefühl, dass ich kalt wurde, kalt wie die Luft.

»Lela … Kannst du mich hören?«

»Bist du da, Shana?«

»Ja, ich bin da. Aber ich kann nicht bleiben. Du musst ins Krankenhaus. Wir dürfen keine Zeit mehr verlieren …«

»Zu spät…«, flüsterte sie. »Ich habe schon… zu viel Blut verloren…«

»Lela!«

Sie starb. Sie starb in meiner Gegenwart und ich konnte nichts für sie tun.

»Ich habe Durst…«, flüsterte sie.

»Warte…«

Ich zog mich behutsam zurück, kratzte die Eisschicht auf, die auf der Außenseite des Wagens klebte, drückte meine Handfläche auf Lelas Mund. Sie leckte gierig das Eis. Ich streichelte ihr verschwitztes Gesicht.

»Lela, du musst durchhalten… bitte!«

»Hilf mir, Shana! Lass mich nicht allein!«

Ich hielt ihre Hand, spürte das Fieber in ihren Pulsadern klopfen. Lelas Mittelfinger musste gebrochen sein, er war geschwollen und bewegungslos. Ich schluchzte tränenlos, sodass jeder Schluchzer nur ein halb ersticktes Zucken war. Sie drückte ganz leicht meine Hand.

»Shana, hör zu… Meine Geige… die ist für dich.«

»Ich kann doch nicht…«

»Mein Vater wird sie dir geben. Ich… ich habe ihm… von dir erzählt.«

»Lela…«

»Ich werde sterben, Shana.« Sie war jetzt ruhig und ihre Augen blickten klar. »Es ist gut, dass du bei mir bist. Wenn ich… nicht mehr bin… geh zu Robert Castaldi. Denke daran! Er weiß, wer du bist. Er wird dich unterrichten…«

»Mach dir keine Sorgen um mich, Lela! Schone deine Kräfte! Ich werde jetzt …«

»Es hat keinen Sinn, Shana. Ich bin am Ende.«

Ihre Finger schlossen sich um die meinen.

»Du musst jetzt an dich denken. An deine Zukunft. Es ist sehr wichtig. Und noch etwas, Shana … Ich werde immer bei dir sein. Dich erst verlassen … wenn du mich nicht mehr brauchst.«

Ihr Gesicht war fahl, ihre Haut fühlte sich heiß und trocken an. Das Sprechen schien ihr immer größere Mühe zu bereiten.

»Meine Geige, sie … sie stammt aus Italien. Sie ist eine sehr gute Geige … Sie gehört jetzt dir.«

Ich nickte wortlos. Ihre Lippen zuckten, als ob sie lächeln wollte. Dann verzerrte sich ihr Mund. Sie stöhnte leise. Schauer durchliefen ihren Körper. Ihr Atem ging stockend. Auf einmal floss Blut aus ihrem Mund, stoßweise, in kleinen Wellen. Ich sah, wie ihre Augen matt wurden, als verdunkle sie ein Schatten. Ihr Kopf lag schwer auf meinem Arm. Sie stieß einen tiefen Seufzer aus. Ich spürte, wie ihr ganzer Körper sich verkrampfte. Dann öffneten sich ihre Finger. Ihre Hand glitt aus der meinen und fiel herab. Und nach eine Weile hörte das Blut auf zu fließen.

Ich flüsterte: »Lela?«

Nur die Stille antwortete.

»Lela?«, wiederholte ich.

Ihr Gesicht, im Licht der Taschenlampe, war weiß wie Elfenbein und friedlich. Die Augen glänzten, doch sie sahen nichts mehr. Nie mehr würden ihre schmalen, starken Finger den Bogen führen. Nie, und wenn es mich auch schüttelte vor Verzweiflung. Die Geister, die ihre Musik herbeirief, hatten sich abgewandt; dunkle Winterwolken trugen sie fort. Die Augen der Verstorbenen bleiben offen, wenn man sie nicht zudrückt. Als meine Mutter im Krankenhaus starb, hatte es eine Schwester getan. Ich wagte Lela kaum zu berühren, aber irgendjemand musste es tun. Ich konnte sie nicht mit offenen Augen in die Nacht starren lassen. Zögernd legte ich die Hand auf Lelas Gesicht; ihre Haut war noch warm. Ich drückte leicht auf ihre Lider und sie fielen herunter. Ich war überrascht, wie leicht es ging. Auf dem Boden fand ich eine zusammengeknüllte Decke; auch sie war mit Blut getränkt. Ich suchte einen Teil, der sauber war, und hüllte Lela darin ein. Sie soll nicht frieren, dachte ich und dieser Gedanke kam mir merkwürdig vor. Als ich behutsam aus dem Wagen kroch, hörte ich, wie das Blech auf die Sträucher drückte. Lange hielt das Unterholz das Gewicht nicht mehr aus. Es war nicht völlig dunkel. Von der frischen Eisschicht ging ein mattes Leuchten aus. Ich fand einen abgebrochenen Ast, den ich bei jedem Schritt in den Boden rammte. Auf diese Weise zog ich mich hoch, erklomm die Böschung und erreichte den Straßenrand.

15. KAPITEL

Atemlos lief ich durch die Dunkelheit. Eine Zeit lang waren das keuchende Auf und Ab meines Atems, das Knirschen meiner Schritte auf der Eisschicht die einzigen Geräusche weit und breit. Ich wusste, dass Lela gestorben war, natürlich wusste ich es, aber ich dachte immer wieder, vielleicht ist sie nicht wirklich tot, vielleicht ist noch Zeit, sie zu retten. An diesem Abschnitt der Straße war der Wald zu beiden Seiten dicht. Ein paar Mal rutschte ich in der Dunkelheit aus und einmal fiel ich schwer auf die Seite. Der Stoß ging mir durch den ganzen Körper. Ich dachte, jetzt habe ich mir einen Arm gebrochen oder ein Bein. Aber nein, nichts: Ich kam wieder hoch, lief weiter. Ich schwitzte und fror gleichzeitig, weil der Schweiß sofort auf der Haut trocknete. Noch hatte ich die Passhöhe nicht erreicht. Auf der Suche nach Lela war ich weiter gegangen, als ich dachte. Auf einmal vernahm ich ein Geräusch, das beinahe klang, als atme jemand. Mir kam in den Sinn, dass ich es schon vorher gehört hatte. Mehr als ein Geräusch war es das Gefühl einer Gegenwart. Ich wandte mich um. Nichts. Kein Mensch. Doch, etwas hatte sich bewegt. Meine Augen versuchten, die Finsternis zu durchdringen. Das Gewebe der Dunkelheit, von unterschiedlicher Dichte, wies bewegliche Flecken auf. War da ein Schatten oder nicht? Wahrscheinlich nur ein Busch, der seine Eislast abschüttelte. Ich blieb regungslos mit vorgeneigtem Kopf stehen. Stille. Ich hörte nur meinen Herzschlag. Nach ein paar Sekunden ging ich weiter. Da – schon wieder das leise Rascheln! Ein Mensch konnte es nicht sein. Es gab keine Erklärung für etwas, das sich bewegte und immer wieder stillstand, außer dass es sich um ein Tier handeln musste. Angst hatte ich nicht. Ich nahm an, dass der Eissturm auch die wilden Tiere verwirrt hatte. Wenn man sie nicht beachtete, griffen sie auch nicht an. Ich setzte mich in Bewegung. Nach ein paar Schritten wieder das Geräusch, näher diesmal. Mein Herz tat einen Sprung in meiner Brust. Rasch drehte ich mich um und sah im Helldunkel ein Tier, das mir auf den ersten Blick wie ein großer Hund vorkam. Doch nein, Haltung und Körperbau waren anders. Hunde halten Kopf und Schwanz erhoben. Dieses Tier war größer, hielt den Kopf tief, den Schwanz gesenkt. Ein Wolf? Ich wusste, dass Wölfe Menschen im Allgemeinen nicht anfallen, ja sogar ihre Gegenwart meiden. Aber warum verfolgte mich das Tier? War es hungrig? Hatte es sich verirrt? Konnte es der Wolf sein, den ich – Monate zuvor – heulen gehört hatte? Ein leichter Geruch schwebte an meiner Nase vorbei, scharf, aber nicht unangenehm. Das Tier war mir offenbar nicht feindlich gesinnt. Und solange es mich nicht bedrohte, fürchtete ich mich nicht. Lelas

Erzählungen kamen mir in den Sinn. Wölfe spüren die Gefühle der Menschen. Wenn sich Lelas Großmutter nicht gefürchtet hatte, warum dann ich? Doch ich war sehr eilig und verzweifelt. Ich tu dir nichts, rief ich dem Tier in Gedanken zu. Ich bin traurig und alleine. Lass mich in Ruhe!

Immerhin musste ich vorsichtig sein. Überstürzte Fluchtbewegungen wecken den Jagdinstinkt. Bewusst langsam drehte ich dem Tier den Rücken zu, gab ihm zu verstehen, dass ich nicht vor ihm davonlief. Und ging weiter. Als ich nach einer Weile über meine Schulter blickte, sah ich, dass der Wolf mir folgte. Jetzt lichtete sich das Unterholz, das Tier war deutlicher zu sehen. Ich bemerkte, dass es beim Gehen hinkte. Sein linkes Vorderbein knickte bei jedem Schritt leicht ein. Das beunruhigte mich. Wölfe halten für gewöhnlich zusammen: Ein verletztes Tier wird von dem Rudel gefüttert. Aber gehen die Wölfe auf Wanderschaft, kann das schwächliche Tier nicht schnell genug laufen und bleibt zurück. Solche Einzelgänger haben es schwer und werden gefährlich. Ich zwang mich mit größter Willensanstrengung, keine Furcht zu zeigen, und stapfte weiter. An der zunehmenden Kälte merkte ich, dass ich die Passhöhe erreichte. Fast im gleichen Augenblick hörte ich Motorenlärm. Lichtstreifen huschten in der Dunkelheit. Die Schneefräse war bei der Arbeit, machte die Straße frei. Die Mannschaft arbeitete im Licht der Stablampen und Scheinwerfer. Jetzt dachte ich nicht mehr an den Wolf, lief auf die Scheinwerfer zu. Taumelnd vor Erschöpfung glitt ich auf der Eisfläche aus, schlug der Länge nach hin. Ich hatte das Gefühl, dass meine Knochen platzten, dass ich innerlich zersplitterte, verblutete wie Lela. Verzweifelt bemühte ich mich, wieder auf die Beine zu kommen. Ich war zu ausgepumpt, zu schwach, meine Muskeln gehorchten mir nicht mehr. Ich konnte nicht einmal mehr heulen. Zähneklappernd blieb ich sitzen, die Kälte drang mir bis ins Mark. Nach einer Weile tanzten mir zwei Lichtpunkte entgegen, wurden größer, kamen näher. Ich hörte Stimmen, hob verwirrt blinzelnd den Kopf und sah, wie zwei Männer von der Straßenbrigade mit ihren Taschenlampen auf mich zustapften.

16. KAPITEL

Lelas Beisetzung fand drei Tage später statt. Der Tag war windstill, der Himmel funkelnd blau, Bäume und Sträucher weiß überpudert. Die Stromversorgung war wiederhergestellt, die Straßen gesäubert. Am Morgen der Beisetzung läuteten in der Dorfkirche die Glocken und die Bewohner versammelten sich zum Trauergottesdienst. Alle Schüler waren anwesend, viele mit verheulten Gesichtern. Ich jedoch konnte nicht weinen. Die Tränen trockneten sofort. In mir war nichts, nur ein schwarzes Loch. »Ich bin traurig für dich«, hatte Elliot mit großem Mitgefühl gesagt. Zur Beisetzung wollte er nicht kommen. »Warum?«, hatte ich gefragt. Er hatte nur den Kopf geschüttelt. »Mir liegt nichts daran.« Doch ich wusste, dass er an meine Mutter dachte.

Man hatte Lela in ihr Gewand aus Hirschleder gekleidet und in einen schlichten Sarg aus Zedernholz gebettet. Lelas Vater war aus Clinton gekommen. Er wurde von einem Verwandten umsorgt und ich hielt mich abseits. Josua Woodland war schmächtig, eine Schulter hing etwas herab, aber er hielt sich noch kerzengerade. Nichts an ihm erinnerte an den strahlenden jungen

Mann auf dem alten Foto. Sein Haar war dünn, völlig ergraut und er trug ein Hörgerät.

Ich hielt meinen Geigenkasten in der Hand. Dabei dachte ich, wie sehr dieser Geigenkasten einem kleinen Sarg glich. Die Luft war kalt und klar, der Himmel blendete. Der Friedhof war von dem Geräusch der Schritte, dem Murmeln leiser Stimmen angefüllt. Der Pfarrer, ein großer, gelassener Mann, sprach von Lelas musikalischem Talent, von ihrer Begabung als Lehrerin. Ich ließ die Gegenwart an mir vorübergleiten, hörte die Worte, aber gab mir nicht die Mühe, ihren Sinn zu verstehen. Sie hatten keine Bedeutung für mich. Nach der Grabrede wandte sich der Pfarrer an mich. Ich hatte ihn vor dem Gottesdienst um einen Gefallen gebeten.

»Eine Schülerin hat einen besonderen Wunsch: Sie möchte ein letztes Mal für ihre geliebte Lehrerin spielen.«

Ich trat vor. Das Gegenlicht legte einen dunstigen Film auf meine Augen. Und durch diesen Schleier sah ich plötzlich Lela. Sie stand vor mir, als ob sie lebte, erfüllte meine ganze Wahrnehmung, mein ganzes Herz. Sie trug ihr wunderschönes Kleid, mit der gelb-schwarzen Perlenstickerei, die einen Wolf darstellte. Sie lächelte mir zu und wob mit diesem Lächeln einen Faden, der unsere Seelen für immer verknüpfte. Ich öffnete den Geigenkasten und stimmte das Instrument. Dann strich ich mit dem Bogen über die Saiten und spielte das Adagio von Max Bruch, das letzte Stück, das Lela und ich zusammen gespielt hatten. Mein Körper erschauerte, als die Klänge emporschwebten, volltönend, eindringlich, jubelnd wie eine Lerche in der Morgenfrühe. Lela war tot. Aber die Musik sprach von Liebe, von bleibendem Leben. Das schmerzvolle und doch so süße Lied erfüllte die Stille. Es schien, als klänge aus ihr die Stimme des Windes, der Atem der freien Natur. Die Luft war klar und flirrend, von kleinen Eisfunken durchwebt. Blaues Licht umhüllte den Friedhof, ein azurfarbener, lebender Glanz. Und selbst als die Melodie verklang, wich der Zauberschein nicht von meinen inneren Augen. Er blieb wie eine Hellsicht der Liebe und würde ewig bleiben.

Als die Männer das Grab zugeschaufelt hatten und die Trauergäste sich verstreuten, trat Lelas Vater mit unbeholfenen Schritten auf mich zu. Seine Stimme löste sich nur mühsam aus der Tiefe.

»Du bist Shana, nicht wahr?«

»Ja«, sagte ich und spürte, wie ich rot wurde.

Josua Woodland hatte Augen, wie sie manchmal bei sehr alten Leuten oder bei Säuglingen vorkommen: dunkelblau, weiß gerändert und verschwommen.

»Lela sprach oft von dir. Du hast wundervoll gespielt.«

Ich schluckte schwer.

»Ich … ich wollte ihr eine Freude machen.«

»Das ist dir gelungen. Ich weiß es … hier.«

Der alte Mann legte seine zitternde Hand auf sein Herz.

»Du hast auch mir Trost geschenkt. Man sagt, dass

Musik alle Schmerzen heilt. Ich denke, daran ist etwas Wahres.«

Ich fuhr mit der Zunge über die trockenen Lippen.

»Ich war bei Lela, als sie starb. Kann ich Sie … einen Augenblick sprechen? Ich … ich muss Ihnen etwas sagen …«

Jedes einzelne Wort blieb mir fast im Hals stecken. Doch er nickte ruhig.

»Ich werde eine Nacht hier verbringen. Komm morgen zu mir! Du kennst ja das Haus.«

»Nach der Schule?«

»Wann du willst. Du musst laut klopfen«, setzte er hinzu. »Und werde nicht ungeduldig, wenn ich nicht sofort aufmache. Ich bin etwas langsam, weißt du. Das wirst du auch, wenn du alt bist.«

Am nächsten Tag, nach Schulschluss, machte ich mich mit dem Fahrrad auf den Weg. Was ich Lelas Vater zu sagen hatte, kam mir aufdringlich und schwierig vor, fast zu schwierig. Aber ich hatte Lela ein Versprechen gegeben.

Ich bog von der Straße ab, fuhr auf das Haus zu und mein Herz krampfte sich schmerzhaft zusammen. Das ganze Haus war für mich voller Erinnerungen. Ich konnte nichts dafür, sie brandeten durch meinen Kopf wie Wellen. Die Frau, die hier gelebt hatte, gab es nicht mehr. Und doch gab es mich und sie war ein Stück von mir. Und so würde es immer bleiben.

Ich stellte das Fahrrad ab, stapfte durch den Vorgarten. Hinter den Scheiben im Wohnzimmer brannte

Licht. Ich ging über die Veranda und klopfte. Stille. Ich klopfte lauter. Endlich vernahm ich drinnen ein schlürfendes Geräusch. Die Tür ging auf.

»Ach, Kind, du bist es«, sagte Josua Woodland. »Wartest du schon lange?«

Ich schüttelte den Kopf.

»Es tut mir leid, dass ich Sie störe.«

»Ich sehe Papiere durch«, sagte der alte Mann, »und muss mich dabei konzentrieren. Komm nur!«

Ich zog meine Stiefel aus, trat in Socken hinter ihm in die Diele. Gestern hatte er in seinem schwarzen Anzug einen stattlichen Eindruck gemacht. Heute trug er eine ausgebeulte Hose und ein altes Hemd mit einer fusseligen grauen Strickjacke. Auf dem Wohnzimmertisch waren alle möglichen Unterlagen, Aktenstücke und Briefe ausgebreitet.

»Du kennst dich gewiss hier aus«, sagte Josua. »Willst du so gut sein und uns einen Tee machen?«

Ich hing meinen Parka auf. Ich hatte immer noch Lelas Handschuhe an, durchgescheuert und schmutzig, wie sie waren. Zögernd legte ich sie in die Schublade zurück. Neben dem Schuhschrank hing Lelas roter Daunenmantel; ich wandte die Augen ab. Ich ging in die Küche, machte den Herd an, stellte zwei Tassen, Zuckerdose und Milch auf ein Tablett. Ich hörte Josua im Wohnzimmer hantieren. Als ich ein paar Minuten später mit dem Tablett aus der Küche kam, waren die Unterlagen auf die Seite geräumt. Ich stellte das Tablett ab, hob die Kanne und goss dem alten Mann Tee ein.

»Danke dir, Kind.« Er nahm seine Brille ab, rieb sich mit müder Geste die Augen.

»Meine Schwester Elsie kommt morgen und holt mich. Ich kann nicht alleine hier wohnen und werde das Haus verkaufen. Elsie nimmt einige Möbel und die Bilder.«

Ich blieb stumm, umklammerte meine Tasse mit beiden Händen. Endlich sagte ich: »Ich wollte sie anrufen an dem Tag, aber es ging nicht. Der Sturm hatte die Leitung beschädigt.«

»Ja, ich weiß«, nickte er. »Wir sahen das Unwetter kommen. Ich hatte kein gutes Gefühl, aber Lela sagte: ›Ich muss nach Hause, meine Schülerin wartet.‹«

Ich zuckte zusammen. Ein beklemmendes Gefühl schnürte mir die Kehle zu. Sie war meinetwegen gestorben! Doch der alte Mann schien meine Gedanken zu ahnen. Er legte sanft seine knochige Hand auf meine.

»Mach dir keine Gewissensbisse! Niemand trägt die Schuld. Es war ihr Schicksal.«

Er nahm einen Schluck. Ich sah, wie seine Unterlippe leicht zitterte. Eine Weile war es so still im Zimmer, dass ich uns atmen hörte. Schließlich brach Josua mit seiner heiseren Stimme das Schweigen.

»Sag mir, wie ist sie gestorben? Hatte sie große Schmerzen?«

Ich stellte behutsam meine Tasse auf den Tisch. Ich schuldete ihm die Wahrheit. Stockend berichtete ich, wie ich Lela gesucht hatte und rechtzeitig gekommen war, um ihr den Tod zu erleichtern.

»Ich konnte nichts für sie tun. Jede Hilfe kam zu spät. Ob sie gelitten hat? Ich glaube, zum Schluss hat sie nicht mehr viel gespürt...«

Er nickte vor sich hin.

»Es ist gut, dass du bei ihr warst. Die Menschen sind froh, wenn sie nicht alleine sterben müssen.«

Ein Seufzer teilte seine Lippen; er sah plötzlich unendlich müde aus. Ich legte beide Arme auf den Tisch, verbarg mein Gesicht und weinte. Es war das erste Mal seit Lelas Tod, dass ich weinen konnte. Nach einer Weile spürte ich einen Luftzug, eine Bewegung. Ein Schatten beugte sich über mich. Josua Woodland hatte die Hand auf meinen Kopf gelegt, ein ganz leichtes, zärtliches Kraulen. So blieben wir schweigend, bis ich mich beruhigt hatte. Dann tastete ich nach meinem Taschentuch, putzte mir die Nase, trocknete mein verschwollenes Gesicht.

»Es tut mir leid.«

Er schüttelte weich den Kopf.

»Du brauchst dich nicht zu entschuldigen. Aber du hast gesagt, dass Lela mir etwas mitteilen wollte?«

»Ach«, entgegnete ich beschämt, »es kommt mir so unwichtig vor!«

»Es ist sicher nicht unwichtig«, sagte der alte Mann gütig. »Nun, was hat sie gesagt?«

Ich schluckte würgend. Ich dachte, wenn ich jetzt nicht rede, werde ich es nie können.

»Sie ... sie wollte mir ihre Geige geben.«

Er blickte mich wortlos an, kniff leicht die Lider zusammen. Die Worte sprudelten jetzt aus meinem Mund. Ich hätte alles gegeben, um das nicht sagen zu müssen. Aber ich hatte Lela mein Versprechen gegeben.

»Sie hat gesagt, ich soll ihre Geige haben. Und ich müsste mit Ihnen darüber sprechen. Und im Frühjahr soll ich Professor Castaldi anrufen und er würde mir Geigenunterricht geben.«

Ich biss mir hart auf die Lippen. Ich hatte das Gefühl, dass meine Worte keinen Zusammenhang bildeten.

»Ich … ich würde diese Sache am liebsten für mich behalten. Es ist nur so, ich denke, sie wäre traurig, wenn ich mit Ihnen nicht darüber reden würde. Sie … sie wurde ganz ruhig, als ich sagte, ich würde es tun. Sie lächelte sogar …«

Er ließ mich nicht aus den Augen.

»Ich verstehe«, sagte er leise.

Nicht nur mein Gesicht, alles in mir schien zu glühen. Ich knetete verzweifelt meine Hände.

»Vielleicht glauben Sie mir nicht …«

Ein schwerer Atemzug hob seine Brust.

»Doch. Ich glaube dir.«

Schweigen. Der alte Mann saß da, mit eingezogenen Schultern und hängendem Kopf. Dann zuckten die Lider über seine geröteten Augen. Er seufzte und erhob sich schwerfällig.

»Komm!«

Er schlurfte zur Tür hinaus. Ich folgte ihm, während er mit unsicheren Schritten die Treppe hinaufstieg. Ich betrachtete die vertrauten Bilder an den Wänden. Die

Wölfe starrten zurück, ihre Blicke waren tief und eindringlich. Der hinkende Wolf, der mir gefolgt war, kam mir in den Sinn und für ein paar Sekunden sah ich ihn ganz deutlich vor mir.

Lelas Vater ging mühsam weiter. Blieb stehen. Von dem Erkerzimmer trennte mich jetzt nur eine Tür. Er legte die Hand auf die Klinke, ließ sie einen Atemzug lang darauf ruhen, bevor er sie herunterdrückte. Ich kam mir vor wie eine Schwimmerin, die plötzlich weiß, dass sie keinen Boden mehr unter den Füßen hat. Die Tür knirschte leise, sprang auf. Mein Atem stockte. Hier war Lelas Welt, eine Welt voller Erinnerungen, die für eine kurze Zeit auch die meine gewesen war. Die Abendsonne schien durch die offenen Läden. Das Leuchten kam wie Wellen, als ob dieses Gold etwas Greifbares war. Der alte Mann tauchte in das Licht ein, nahm den verschlossenen Geigenkasten aus dem Schrank. Dabei bewegte sich sein Schatten an der Wand wie eine Art Doppelgänger. Ein Schauer überlief mich, als er sich jetzt, mit dem Kasten in der Hand, zu mir umdrehte. Sein dunkles Gesicht war der Sonne zugewandt, die in seinen blassen Pupillen schimmerte.

»Es ist eine sehr alte und gute Geige«, sagte er. »Sie wurde in Italien gebaut, in einer Stadt, die Cremona heißt.«

Er trat auf mich zu, gab mir die Geige und sein Schatten folgte ihm. Mir war, als ob beide, Mensch und Schatten, mir die Geige zugleich überreichten, und die

Wölfe auf den Bildern sahen zu, mit starren, verträumten Augen.

»Sie gehört jetzt dir«, sagte Josua Woodland.

17. KAPITEL

Lelas Geige hatte ich nie in der Hand gehabt und sie auch nicht eingehend betrachtet. Jetzt, alleine in meinem Zimmer, öffnete ich den Verschluss und besah mir das Instrument. Der Lack war, so alt, wie er sein mochte, nirgends abgesplittert. Er hatte noch immer den tiefen, samtartigen Glanz. Neugierig betrachtete ich alle Einzelheiten bis hinein ins Innere durch eine der f-förmigen Ritzen. Auf dem Boden war ein unleserliches Etikett aufgeklebt. Die Saiten waren neu, Lela musste sie erst kürzlich ersetzt haben. Doch was war denn das? Auf dem Wirbelkasten war anstatt der üblichen Schneckenverzierung eine kleine Holzschnitzerei angebracht, der Kopf eines Tieres. Ich sah genauer hin, mein Herz klopfte stark. Wahrhaftig, es war ein Wolfskopf! Die Schnitzerei war bereits etwas abgesplittert. Dort, wo Lack abgeplatzt war, kam das nackte Holz hervor und der Kopf wirkte dadurch merkwürdig ausdrucksvoll. Ich war zutiefst aufgewühlt. Bei jedem Atemzug fühlte ich das Dehnen und Einziehen meiner Rippen unter dem Pullover. Also hatten die Wölfe nicht nur etwas mit Sunke Nagi und mit Lela zu tun, sondern auch mit mir. Es machte mir keine Angst, im Gegenteil. Ich fühlte mich auf besondere Art beschützt und gestärkt.

Spätabends kam mein Vater. Ich hatte Linsensuppe für ihn warm gestellt. Während er die Suppe löffelte, erzählte ich ihm von der Geige. Er hörte zu, in seiner abwesenden Art.

»Und was nun?«, fragte er.

»Ich habe einen Job. Bei Martha Grimes, in unserem alten Laden.«

Er hob die Brauen.

»So? Hat sie dich haben wollen?«

»Nur am Wochenende.«

»Da verdienst du nicht viel.«

»Ich brauche Zeit zum Üben. Im Frühling bin ich mit der Schule fertig. Dann fahre ich nach Vancouver zu Professor Castaldi. Lela meinte, dass ich ein Stipendium haben kann.«

Mein Vater schwieg lange. Dann sagte er: »Das ist sicher gut für dich. Du bist doch wirklich begabt.«

Der Winter kam. Die Luft lag scharf und kalt über Wäldern und Tälern. Der Sturm heulte durch den wirbelnden Schnee, die froststarren Sträucher schienen in der grimmigen Kälte zu beben. Am Wochenende arbeitete ich bei Martha. Da war der Supermarkt zu, sie hatte viele Kunden und war um jede Aushilfe froh. Ich klebte Preisschilder auf, räumte Cornflakes und Trockenmilchpackungen, Windeln und Küchenpapier ein, sortierte alle möglichen Werkzeuge. Ich war flink und kräftig, hatte viel zu schleppen, aber es machte mir nichts aus. Und ich kriegte Geld dafür. Ich steckte die Scheine in eine Blechdose unter meinem Bett. Mein Vater sollte sie nicht finden.

In der Schule wurde es nicht ganz so schlimm, wie ich befürchtet hatte. Natürlich hielt der neue Lehrer, ein blasser Mann mit Bauch und rundem Kopf, den Vergleich mit Lela nicht stand. Er sah aus wie ein Ei und hieß tatsächlich auch so: Stanley Egger. Kaum stand er in der Klasse, ging das Gekicher los. Stanley Egger ertrug es mit Humor. Er war ein freundlicher Sonderling mit einem besonderen Sinn für Komik. Nach ein paar Tagen fanden wir ihn alle nett.

Irgendwann riss an meiner Übungsgeige eine Saite. Da ich sie nicht ersetzen konnte – in Beaver Creek gab es keinen Musikladen –, gewöhnte ich mich sehr schnell daran, bloß noch Lelas Geige zu spielen. Wahrscheinlich entsprach meine Art zu üben nicht der üblichen Technik. Die Töne verschiedener Höhe und Dauer sah ich in Farben vor mir. Und jede Farbe kündigte eine andere Stimmung an. Volltönende Klänge waren blau, Triller grün, das »Staccato« war gelb, das schlagartige »Martelé« rot.

An einem sonnenklaren Morgen entsann ich mich, dass Lela gerne im Freien spielte. Es war nicht zu kalt, meine Finger würden nicht steif sein. Ich machte mich mit dem Geigenkasten auf den Weg, ging an ein paar Häusern vorbei und stapfte dem Wald entgegen. Überall lag tiefer, schweigender Schnee, durchkreuzt von tausend Spuren der Tiere. Die Stille und das reine Weiß hatten etwas Heiteres an sich. Sie verbanden die Seele mit allem Lebendigen und wehten blaues Licht in mein Herz. Am Waldrand blieb ich stehen. Kein Mensch weit und breit. Zwischen dunklen Steinen lag das verschneite Bachbett. Das Wasser floss mit leisem Glucksen unter der Eisdecke dahin und die Sonne leuchtete durch die Zedern. Welche Musik passte zu dieser Landschaft? Paganini, dachte ich. Das »capriccio«, ja. Ich stimmte die Geige und spielte. Und in dem Augenblick, da mein Bogen über die Saiten strich, geschah das Wunder: Die Luft schien von einem Beben erfüllt, spürbar wie ein Flügelschlag. Umherschwebende Geister zogen mich in ihren Bann. Die Geige war der Vogelruf, die Stimme der Bäume der Erdengesang. Da war mir auf einmal, als ob sich etwas zwischen den Zedern bewegte. Ein grauer Schatten tauchte aus dem Unterholz. Mein Herz schlug schneller. Der hinkende Wolf – schon wieder! Warum empfand ich keine Furcht vor diesem einsamen, vielleicht ausgehungerten Tier? Ich dachte, ich müsste dem Wolf zu verstehen geben, dass ich nichts Böses im Sinn habe. Das war besonders wichtig, denn ich hielt einen Bogen in der Hand, den das Tier leicht als Stock oder Waffe deuten konnte. Und so suchte ich mit den Augen einen Baumstamm, stapfte vorsichtig auf ihn zu und setzte mich. So, jetzt waren wir auf gleicher Höhe! Der Wolf blickte mich an. Tiere haben eine Sprache wie wir. Die nach vorn gerichteten Ohren bedeuteten Aufmerksamkeit. Der Wolf lauschte und hatte keine Angst. Er trug den Schwanz hoch und wedelte ein wenig dabei, was Selbstsicherheit ausdrückte. Ängstliche Wölfe ziehen den Schwanz ein. Das Tier bewegte sich nicht steifbeinig – was Angriffslust zeigte –, knickte auch die Beine nicht demütig ein, sondern bewegte sich völlig locker. Tiere erkennen am bloßen Anblick, ob Menschen sie mögen oder nicht. An ihren Augen oder durch andere uns unbekannte Signale. Bei Hunden war das ähnlich. Indianer verstehen solche Dinge, weil sie in jedem Tier das »Wesen« erkennen und ansprechen.

»Ich sehe schon, du magst Musik«, sagte ich.

Eigentlich durfte man einen Wolf nicht ansprechen. Aber ich glaubte nicht, dass ich in sein Gehege eingedrungen war, sonst hätte er sofort Feindschaft gezeigt. Es war ein Wolf, der meine Nähe suchte. Warum bloß? Jetzt legte er den Kopf ein wenig schräg. So sahen wir uns eine Weile an. Ich zupfte mit den Fingern die Saiten.

»Wenn du mir nichts tust«, sagte ich, »werde ich dir etwas vorspielen.«

Ich sprach zu dem Tier im leisen Sington. Die Wolfsohren richteten sich hoch, das Tier horchte aufmerksam. Ich bemerkte, dass es sich um ein Weibchen handelte. Obwohl die Haare längs der Rückenmitte dunkel getönt waren, überwiegte die graue Farbe. Ein Zeichen dafür, dass das Tier nicht mehr jung war. Das Winterfell war dick und wuchs in Büscheln. Die Augen der Wölfin, golden, leuchtend und wachsam, wanderten einmal, zweimal, dreimal zu meinen Händen, meinen Schultern, meinem Gesicht. Sie studierte mich. Dann setzte sich das Tier zu meiner großen Verblüffung auf die Hinterbeine. Irgendwie kam mir der unpassende Gedanke, dass die Wölfin sich wie ein Mensch benahm, der sich bequem zurechtsetzt, um einem Musikstück zu lauschen. Ich unterdrückte ein Lachen. Vorsicht! Wilde Tiere können Lachen mit Angriffslust verwechseln. Und richtig: Die Wölfin versteifte sich, sträubte die Nackenhaare.

»Es tut mir leid«, sagte ich besänftigend. »Ich habe mich schlecht benommen. Es wird nicht wieder vorkommen. Jetzt hör zu! Ich mache Musik.«

Langsam ließ ich den Bogen über die Saiten gleiten. Die »Partita« von Bach hat eine Tonart, die dem Tier entsprechen könnte. Keine zu große Ausgangsgeschwindigkeit. Jede Note besteht aus einer sanften Anschwellung des Tons. Dabei bemühte ich mich um einen lockeren, singenden Klang. Die Tonerzeugung war vermutlich fehlerhaft, aber das spielte jetzt keine Rolle. Ich wusste, wie empfänglich die Ohren der Tiere für jede Schattierung der Resonanz und Klangfarbe waren. Und wahrhaftig, die Spielart schien der Wölfin zu gefallen. Sie rückte leicht näher, wobei der Kopf aufrecht blieb und die Ohren flach lagen. Aha. Sie bot Freundschaft an. Nach einer Weile ließ ich den Bogen behutsam sinken.

»Das macht Spaß, nicht wahr?«

Die Wölfin klopfte mit dem Schwanz auf den Schnee.

Ich wusste nicht, was das bedeutete, aber immerhin wirkte die Bewegung freundlich. Als Antwort schlug ich mit dem Finger auf den Resonanzboden.

»Wenn du gerne Musik hörst, komme ich wieder und spiele für dich«, sagte ich. »Und du kannst …«

Ich konnte den Satz nicht zu Ende sprechen. Die Wölfin stand plötzlich mit gesträubtem Nackenhaar auf den Beinen. Der Schwanz stellte sich hoch, die Ohren waren nach vorn gerichtet. Ein dumpfes Brummen, das einem das Blut zu Eis erstarrte, erschütterte ihre Rippen. Sie zog die Lefzen zurück und zeigte die Zähne. Doch ihre Alarmbereitschaft galt nicht mir, sondern zwei Männern, die mit Gewehren über den Weg kamen. Jäger!

»Mach, dass du wegkommst«, flüsterte ich.

Und als ob die Wölfin verstanden hatte, was ich sagte, wandte sie sich im selben Atemzug um, trabte den Hang abwärts. Fort war sie! Ich atmete auf, packte hastig meine Geige in den Kasten. Hoffentlich verwechselten mich die Männer nicht mit einem Tier! Und gleichzeitig wollte ich die Jäger in die andere Richtung locken, damit sie die Spuren der Wölfin nicht fanden. Also begann ich, viel Lärm zu machen, sprach laut zu mir selbst und stapfte durch das Dickicht auf sie zu. Es waren Peter und Daniel Jobin, zwei junge Männer aus Beaver Creek, die ich kannte.

»Habt ihr was geschossen?«, rief ich.

»Hier!«

Peter schwenkte einen Schneehasen, den er an den

Ohren hielt. Ich blickte auf das weiße, blutbefleckte Fell und lächelte gezwungen.

»Er ist groß.«

»Ja, das gibt ein Braten!«

Daniel deutete auf den Geigenkasten.

»Was machst du denn hier? Musik?«

Ich schüttelte den Kopf.

»Ich habe mein Gewehr darin versteckt!«

Die Jungen lachten. Ich lachte mit ihnen. Wir schlenderten dem Dorf entgegen. Die Sonne ging unter, die kalte Luft stach in die Lungen. Sie würden heute nicht mehr jagen. Und morgen würden sie keine Zeit dazu haben: Sie arbeiteten beide in der Sägerei.

In der Nacht schneite es. Ich war froh darüber. Der Neuschnee würde die Spuren der Wölfin verwischen. Das Erlebnis beschäftigte mich mehr, als ich es für möglich gehalten hätte. Ich hatte gehört, dass manche Tiere, Pferde, zum Beispiel, Sinn für Musik haben. Dass es auch bei Wölfen der Fall sein konnte, erfüllte mich mit Staunen. Ein unwiderstehlicher Drang trieb mich zu einer neuen Begegnung mit dem Tier. Ein Drang, den ich mir nicht zu erklären wusste.

Ich wartete auf einen günstigen Tag, an dem wir eine Stunde früher aus der Schule kamen. Die Sonne zeigte sich jetzt täglich etwas länger. Während ich mit dem Geigenkasten durch das Unterholz stapfte, schwebten feenhaft blaue Nebelschleier über die Schneemulden. Ein Zeichen dafür, dass die Temperatur stieg und der Winter bald vorbei sein würde. Mühelos fand ich die

Lichtung, auch den Baumstamm. Ich setzte mich, öffnete den Kasten und stimmte die Geige. Ob die Wölfin wohl kommen würde? Ich legte die Geige an die Schulter und benutzte das Instrument als Trommel, indem ich mit den Fingern auf den Resonanzboden klopfte. Ich wollte verschiedene Fingersätze üben. Eine Bachsonate war gut, weil man dabei Wendigkeit braucht, aber viel Spielraum für eigene Gefühle hat. Ich spielte also und wie stets, wenn ich den Bogen führte, verschwand die Welt um mich herum. Ich schattierte jeden Ton, passte ihn meiner Stimmung an, ließ mich von der Melodie tragen. Und als die Sonate mit einem letzten klaren Triller verklang und ich langsam den Bogen senkte, erblickte ich im Halbschatten die unbewegliche Gestalt der Wölfin. Schlank und aufrecht saß sie da wie gemalt, das ruhige Tiergesicht mir zugewandt. Das sinkende Sonnenlicht spiegelte sich in ihren Augen, die hell und durchsichtig leuchteten wie Kristall. Und als ob ihr Erscheinen etwas ganz Selbstverständliches sei, begann ich, zu ihr zu sprechen.

»Hast du wieder zugehört? Ich bin froh, dass du da bist. Die Geige, siehst du, ist die Stimme der Natur. Die raschelnden Blätter machen Musik. Und ebenso der Wind, der durch die Bäume streicht. Und im Frühling, wenn die Bäche unter der Eiskruste erwachen, dann ist es das Wasser, das singt. Ach ja und noch etwas! Habe ich dir gesagt, dass diese Geige eine Schnitzerei trägt, die einen Wolfskopf zeigt? Ich weiß nicht, wer die Geige gemacht hat. Sie kommt aus Italien, wurde mir gesagt. Ich habe gehört, dass es in Italien auch Wölfe gibt. Aber ich bin Indianerin. Ich kenne ein Lied, das meine Mutter sang, als ich ein Kind war. Hör zu! Ich singe es dir vor und spiele dazu auf der Geige.

Eines Tages erscheint
Vor dir die Wölfin,
Nimm sie zur Schwester,
Denn die Wölfin kennt
Den tiefen Wald.
Sie wird dich führen
Über tausend Wege
Zu einem Häuptlingssohn,
Im fernen Land,
Wo die Sterne vom Himmel fallen.«

Die Wölfin hatte den Kopf auf die Pfoten gelehnt und starrte mich an. Nur die Fellkegel ihrer Ohren bewegten sich leicht. Plötzlich schlug sie mit dem Schwanz auf den Boden, ließ ein Winseln hören. Es war, als ob sie bettelte: »Noch mehr Musik!«

Doch es wurde dunkel, die Nebel verdichteten sich. Der Wald verschwamm im milchigen Weiß. Ich wollte nichts mit dem kostbaren Instrument riskieren. Langsam, um das Tier nicht zu erschrecken, stand ich auf und klemmte den Geigenkasten unter den Arm.

»Ich muss jetzt gehen. Ich bin ein Mensch, weißt du. Ich kann im Dunkeln nicht so gut sehen wie du. Aber ich komme wieder.«

Sofort erhob sich die Wölfin: eine einzige, geschmeidige Muskelwoge. Ich dachte: Was nun? Wird sie mich gehen lassen? Doch sie kam nicht näher, sondern folgte mir lautlos, wobei sie, wie Wölfe das tun, mit den Zehen und nicht mit der ganzen Fläche der Pfote auftrat. Sie begleitete mich, als ob sie mich beschützen wollte. Ich sah im Dämmerlicht den Schimmer ihrer hellen Augen. Am Waldrand blieb sie stehen, als ob sie sagen wollte: »Weiter gehe ich nicht.« Ich wandte mich ihr zu.

»Ich danke dir! Ja, es ist besser, du gehst jetzt zurück. Und … noch etwas: Du hast sicher einen Wolfsnamen, aber den werde ich nie wissen. Deshalb werde ich dich Lela nennen. Meine Lehrerin hieß so. Sie starb bei einem Unfall, vor ein paar Monaten. Und ich denke, dass du es gesehen hast. Sie wird nichts dagegen haben, dass ich dir ihren Namen gebe. Sie war Indianerin wie ich. Und trug das Zeichen der Wölfe auf dem Ledergewand, das jetzt mit ihr unter der Erde liegt.«

18. KAPITEL

Ende Februar brachte mein Vater eine Neuigkeit aus der Dorfkneipe mit: Lelas Haus war verkauft worden.

»Der neue Besitzer ist schon da. Er hat auch die Sägerei übernommen.«

Die Sägerei beschäftigte über zwanzig Leute. Der Besitzer war alt und wollte sein Unternehmen loswerden.

»Jemand von hier?«, fragte ich.

»Nein. Aus Banff. Er heißt Jeff Morgan. Ein Weißer, natürlich.«

Schmerz zog durch meine Brust hindurch, ein Schmerz, der nicht gleich wieder verging.

»Hat er Kinder?«, fragte ich.

»Zwei Söhne, wurde mir gesagt. Der ältere studiert in Banff. Der jüngste soll hier zur Schule gehen. Wird es nicht leicht haben, das Bleichgesicht. Ich brauch was zu trinken.«

Er ging an den Schrank.

»Wo hast du den Whisky versteckt?«

Es kam vor, dass ich Elliots Alkoholvorrat versteckte. Er machte mir keinen Vorwurf deswegen, aber er fand immer die Flasche, auch jetzt. Er griff unter den

Ausguss und holte sie zwischen den Paketen von Seifenpulver hervor.

»Da?«, fragte er. »Einfach da unten?«

Es war fast ein Spiel zwischen uns. Ich biss mir auf die Lippen und schwieg.

Er nahm zwei lange Schlucke aus der Flasche. Es wird wieder schlimmer, dachte ich.

Er legte die Füße auf den Küchentisch. Draußen war Tauwetter und von Elliots Sohlen bröckelten kleine Stückchen getrockneter Schlamm.

»Na sag schon, dass ich die Küche versaue«, knurrte er.

Ich wandte den Blick ab.

»Du änderst dich ja doch nicht.«

Er nahm einen weiteren Schluck.

»Aber ich habe es wenigstens versucht. Du kannst nicht behaupten, dass ich nicht alles versucht habe.«

Ich entgegnete nichts. Er trank den Whisky in langen Schlucken. Whisky war teuer und er hatte kein Geld. Ich hatte Geld, aber das war gut versteckt, in der alten Blechbüchse unter meinem Bett. Das Geld würde er nie finden.

»Und dieser Weiße da, der Jeff Morgan …«

»Ja,« fragte ich, »was ist mit ihm?«

»Der hat so viel Geld, dass er sich das Haus und die Sägerei leisten kann …«

»Er trinkt wahrscheinlich nicht wie du.«

Mein Vater schlug mich nie; ich konnte noch so frech sein, er reagierte nicht. Nur so hielt ich es bei ihm aus.

Auch jetzt blieb er lange stumm. Schließlich sagte er: »Vorhin, als ich zurückkam, war mir richtig kalt … aber jetzt macht mich der Schnaps warm. Ich habe noch irgendwo eine Flasche. Wo ist sie?«

»Ich weiß es nicht.«

Er blinzelte mich mit zugekniffenen Augen an.

»Warte du nur. Ich finde sie schon.«

Im Wald auf der Lichtung erzählte ich der Wölfin, was ich erfahren hatte.

»Das Haus ist verkauft, Lela. Es tut weh, weißt du. Jetzt sind andere Leute da. Weiße. Die reden anders, denken anders. Das Haus beginnt zu vergessen, wie es vorher war. Es passt sich den neuen Bewohnern an. Bald kennt es nur noch sie. Ich kann es nicht ändern, aber es macht mich traurig.«

Lela, die Wölfin, saß nahe bei mir. Wir waren uns täglich – im wahrsten Sinne des Wortes – ein Stück nähergekommen. Aber ich wagte es nicht, sie zu berühren. Der Frühlingswind zerzauste ihr Fell, ließ die einzelnen Haare in der Sonne glänzen. Aufmerksam saß sie da, die Ohren nach vorne gedreht, und lauschte. Als ich den Geigenkasten nahm und den Verschluss mit dem typischen Schnappgeräusch öffnete, zuckten die Ohren leicht hoch. Die Wölfin winselte, beklopfte den Boden mit dem Schwanz. Es sah wie eine Zustimmung aus.

»Ich werde etwas Trauriges spielen«, sagte ich. »Heute kann ich nicht fröhlich sein. Das verstehst du doch?«

Die Wölfin verfolgte wachsam jede Bewegung. Ich

stimmte die Geige und spielte ein Präludium von Bach, indem ich die Töne in der Nähe des Griffbrettes spielte, wo die Klangfarbe blasser, zarter, pastellhafter tönt. Im Sonnenlicht glitzerte Blütenstaub, winzige Teilchen des Frühlings, die der Wind verstreute. Mich überkam ein seltsames Gefühl von Ermattung und Wehmut. Mir war, als ob die Wölfin und ich auf einer schwebenden, kreisenden Welt dahintrieben, eingeschlossen in der Lichtung wie in eine Kugel aus schillerndem Kristall. Und da, auf einmal, hob die Wölfin den Kopf und begann zu heulen. Ich fuhr zusammen, kam leicht aus dem Takt. Es war das erste Mal, dass sie in meiner Gegenwart heulte. Zuerst wusste ich nicht, was ich davon halten sollte. Doch mein feines Gehör übermittelte mir eine ganz erstaunliche Botschaft. Die Wölfin hatte – bewusst oder unbewusst – ihr Heulen der Musik angepasst. Sie heulte in der gleichen Tonlage, lang gezogen und weich. Ich spielte weiter, führte den Bogen sehr langsam, wendete die Arten des Vibratos in verschiedenen Abstufungen so an, dass auch ich mich der Klangfarbe ihres Gesanges anpasste. Mir kam in den Sinn, was Lela gesagt hatte: dass Geigenklänge der Tonlage heulender Wölfe am nächsten kommen. Es war eine Sache, die ich jetzt verstand. Und so musizierten wir zusammen, lange Zeit, bis ich erschöpft und aufgewühlt den Bogen senkte. Ich blickte die Wölfin an. In meinen Augen stiegen Tränen, ließen alle Umrisse nur verschwommen erkennen.

»Lela …«, sagte ich leise. Und streckte die Hand aus.

Durch den Tränenschleier sah ich, wie ein Schatten sich bewegte. Ein seltsamer Geruch stieg mir in die Nase, nicht eigentlich scharf, eher schwer und süßlich. Meine Hand berührte warmes, weiches Fell. Die Wölfin stand dicht neben mir, ich kraulte sie am Hals unter dem Kinn. Ich spürte, wie Zärtlichkeit und Vertrauen den Tierkörper durchliefen. Die Wölfin legte die Ohren flach und wedelte voller Zuneigung. Meine Tränen trockneten. Ein seltsames Gefühl des Friedens, der Ruhe, zog in mir ein. Nach einer Weile legte ich die Geige zurück in den Kasten und gab der Wölfin zu verstehen, dass ich gehen wollte. Sie trat ein wenig zurück. Ich sagte: »Bis morgen! Wir werden wieder zusammen singen.«

Und dann machte ich mich auf den Weg ins Dorf und die Wölfin Lela begleitete mich. Sie setzte die Hinterpfoten genau auf die Spur der Vorderpfoten, sodass sie nur einen ganz schmalen Abdruck in der weichen Erde hinterließen. Und als ich mich am Waldrand nach ihr umsah, war sie verschwunden. Nur noch das Abendlicht glitzerte golden im Unterholz.

19. KAPITEL

Meinem Vater ging es nicht gut. Es lag wohl daran, dass er einfach nicht wusste, was er mit sich anfangen sollte, und seine Krankheit wurde durch das ewige Trinken auch nicht besser. Er hing mit Frauen rum, ich hörte manchmal Gerüchte. Aber er liebte nur eine: Melanie. Und Melanie war nicht mehr. Er kam einfach nicht darüber weg und versuchte, seine Erinnerung mit Alkohol zu betäuben. Es geschah ein paar Mal, dass Archie Bridges mich mitten in der Nacht holen ließ. Archie, der Besitzer der Bar neben dem Motel, war ein vernünftiger Mann. Er sagte zu mir: »Es ist besser, du kümmerst dich um deinen Vater.«

Er wusste, dass Elliot, wenn er betrunken war, auf keinen hörte außer auf mich. Meistens war es so, dass zwei oder drei Männer Elliot unter dem klebrigen Tisch wegzerrten, ihn auf die Beine stellten. Ich nahm ihn bei der Hand.

»Los, Elliot, wir gehen!«

Und er folgte mir wie ein Kind. Es kam allerdings vor, dass er nicht gehen konnte. Dann fand sich meistens eine gute Seele, die ihn in einen Pick-up pferchte und ihn vor unserem Haus ablud.

In der Schule traf ich Frank, Jeff Morgans jüngsten Sohn. Ein schwerknochiger Bursche, einen Kopf größer als ich, obwohl er ein ganzes Jahr jünger war. Es passte ihm offenbar nicht, in einer Schule voller Indianer der einzige Weiße zu sein. Er machte ein verdrossenes Gesicht und sagte immer wieder, er sei nur für kurze Zeit da. Bis Stanley Egger ihn eines Tages satthatte.

»Okay, mein Junge, demnächst wechselst du die Schule, hoffentlich ein bisschen klüger als jetzt. Inzwischen wünscht dein Vater, dass du deine Ausdrucksweise verbesserst. Widmen wir uns also diesem Vorhaben!«

Und nahm ihn massiv in die Zange. Er war gar nicht so übel, unser Mr Egger!

Der letzte Schnee schmolz, das Licht veränderte sich. Die heimgekehrten Vögel lärmten in den Baumkronen. Fast über Nacht füllte sich das Hochtal mit weichem hellem Grün. Ich fragte mich, ob die Wölfin sich jetzt auf die Suche nach ihrem Rudel machen würde. Wölfe halten immer fest zusammen. Aber ein Rudel muss weite Wanderungen unternehmen, um Beute zu reißen. Wahrscheinlich fehlte es der Wölfin an Kraft. Sie hatte sich abgesondert, ging ihre eigenen Wege. Dabei hatte sie nicht das ängstliche, angriffslustige Verhalten eines rangniederen Tieres. Sie trug den Kopf aufrecht, hielt den Schwanz hoch. Ihr Blick war ruhig und dominant. Wölfe besetzen ein enormes Revier. Sie ziehen ihre Reviergrenzen, hinterlassen ihre Spuren und markieren diese Grenzen mit Urinspritzern. Wo war Lelas Revier? Hier? Warum ausgerechnet? Ich nahm an, dass sie ausreichend Beute fand. Es gab viel Kleinwild im Wald, auch Beeren, denn Wölfe ernähren sich nicht ausschließlich von Fleisch. Dass Lela meinetwegen blieb, weil sie mich und meine Musik liebte, wagte ich kaum zu denken.

Und doch schien es so. Vielleicht erkannte sie von weit her meinen Geruch? Ich fühlte immer und überall ihre Gegenwart. Als ob unsichtbare Augen mich beobachteten. Augen, die mir wohlgesinnt waren, die mir sagten: »Ich bin da! Ich beschütze dich!« Das war nur in meiner Einsamkeit ein großer Trost. Und mein Geheimnis zugleich. Keiner kannte die Geschichte. Die Mitschüler hatten genug Unfug im Kopf. Und mein Vater hätte sich Sorgen gemacht.

Er wusste nicht, dass die Wölfin sich von mir streicheln, ja sogar umarmen ließ. Sie zeigte eine tiefe Einfühlsamkeit, die mich stets aufs Neue verblüffte. Auf merkwürdige Weise schien sie zu wissen, ob ich traurig oder fröhlich war. Doch was sie am meisten an mir mochte, war meine Musik. Fast immer »sang« sie mit mir, auch auf die Gefahr hin, dass sie mich aus dem Takt brachte, was ich mir aber gerne gefallen ließ. Immer, wenn ich diese tiefen, ergreifenden Töne hörte, spürte ich Schauer am Körper bis in die Kniekehlen. Bevor sie begann, ließ sie einige Winseltöne hören, wedelte mit den Schwanz. Dann hob sie das Maul und »sang« mit meiner Geige gemeinsam, sodass ich oft für ein paar

Sekunden das Gefühl hatte, wir »sängen« im völligen Gleichklang. Das machte mich besonders glücklich.

Wie sollte es weitergehen? Ich wusste, dass Professor Castaldi im Frühling wieder in Vancouver war. Ob ich ihn anrufen sollte? Ich hatte Angst. Es war mir immer peinlich, wenn etwas zu direkt kam. Eigentlich albern, aber es war nun mal so. Ich entschloss mich also, ihm zu schreiben. Der Brief kostete mich viel Mühe, weckte schmerzliche Erinnerungen. Und gleichzeitig drückte ich mich wie ein Trottel aus, machte Fehler. Etliche Entwürfe landeten im Papierkorb. Endlich war der Brief fertig und ich brachte ihn zur Post. Vielleicht, dachte ich niedergeschlagen, würde ihn der Professor gar nicht lesen. Lela war tot und er hatte mich längst vergessen. Umso mehr staunte ich, als knapp eine Woche später ein Brief aus Vancouver in unserem Briefkasten lag. Er trug den Absender R. Castaldi und war für mich.

»Liebe Shana«, schrieb der Professor. »Der Verlust Lelas trifft mich ebenso hart wie dich. Die von dir erwähnten Einzelheiten haben mich tief betroffen gemacht. Dass du Lela in ihrer Todesstunde beistehen konntest, war für dich eine harte Prüfung, für sie jedoch ein unermesslicher Trost.«

Außerdem schrieb er, dass er täglich, außer montags, in der Musikhochschule anzutreffen sei. Er gab mir seine Privatnummer mit der Bitte, ihm ein paar Tage im Voraus meine Ankunft mitzuteilen. Für mein Vorspielen wollte er sich Zeit nehmen.

Ich konnte nicht sagen, welche Gefühle der Brief in

mir auslöste. Mein Vater war nicht da, ich hatte ihn seit zwei Tagen nicht zu Gesicht bekommen. Ich nahm an, dass er mal wieder bei einer seiner Frauen untergetaucht war. Aber mein Glück musste ich mit jemandem teilen. Und wer sollte das anderes sein als meine Gefährtin, die Wölfin? Ich holte mein Fahrrad, befestigte den Geigenkasten auf dem Gepäckträger und fuhr in Richtung Wald. Es war das einzige Mittel, meiner Unrast, meiner Freude nachzufahren, den Augen der Erwachsenen zu entfliehen, noch ehe sie merken konnten, was mit mir los war. Ich fuhr mit dem Wind und seiner lauen Kühle, der Wald duftete nach Sonne und Harz, die Straße flirrte vor mir im Licht. Mit meinem Fahrrad raste ich in den Frühling hinein, erfüllt von Vorfreude, Dankbarkeit und Erwartung.

In Schleifen und Umwegen durchfuhr ich kleine Pfade, warf verschwitzt mein Fahrrad ins Gras und erreichte atemlos die Lichtung. Und wie um diesen Tag perfekt zu machen, trat, kaum war ich da, die Wölfin aus dem Unterholz. Sie kam nicht lautlos und schleichend, sondern erschien mit einem kleinen Sprung, als ob sie meine Freude gefühlt hätte. Sie warf sich hechelnd ins Gras, wälzte sich herum, wedelte heftig mit dem Schwanz. Und voller Glück stimmte ich die Geige und spielte das »Rondo« von Mozart, ein Stück, das meiner Stimmung am meisten entsprach. Ich begann mit wenig Bogendruck, verwendete aber schnelle Striche. Die Wölfin lauschte, den Kopf schräg gelegt, stieß einige Winsellaute aus, die ihre Freude ausdrückten.

Ich steigerte allmählich den Druck des Bogens, hielt jeden Ton nicht gleich lang, wie es sich bei diesem Stück gehörte, sondern änderte immer wieder die Geschwindigkeit. Dabei dachte ich, Professor Castaldi würde entsetzt sein, was ich mit Mozarts »Andante grazioso« anstellte! Aber das war mir jetzt gleich. Nur meine Wölfin war hier und das leise Heulen, das wie ein fernes Echo der Musik aus ihrer Kehle drang, schien zu sagen: »Ich freue mich mit dir!«

20. KAPITEL

Mein Vater kam wieder, wie ein Geschlagener. Es war schrecklich, ihn in diesem Zustand zu sehen, aber was konnte ich tun? Sein Gesicht war aufgedunsen, sein Unterkiefer zitterte. Er stolperte die Veranda hinauf, machte mit den Armen sinnlose Bewegungen. Ich empfand Wut auf ihn und gleichzeitig Mitleid, weil er so allein war, so einsam. So wie meine Wölfin es spürte, ob ich verängstigt, traurig oder glücklich war, so erkannte ich, dass alles, was ich sagen konnte, das Dunkel in seinem Kopf nicht durchdringen würde. Mir war richtig übel, aber ich versuchte es trotzdem.

»Elliot, ich habe einen Brief bekommen.«

Er kratzte mit einer Hand seinen Rücken und schlurfte in die Küche. Er war über und über schweißnass.

»Einen Brief, so?«

»Aus Vancouver. Von dem Professor.«

Er rückte das Horngestell auf seiner Nase zurecht.

»Von welchem Professor?«

»Robert Castaldi, der Musiklehrer. Er ist ein ganz berühmter Geiger. Gibt Konzerte und so.«

»Was will er von dir?«

»Lela Woodland hatte ihm von mir erzählt.«

»Lela?«, murmelte er. »Die ist doch schon lange tot …«

Ich ballte die Fäuste. Er war kein Mensch mehr, mit dem ich sprechen konnte. Ich merkte es jetzt.

Er stellte den Fernseher an, setzte sich. Das Fernsehen war zu laut, aber ich sagte nichts.

»Ist noch Bier da?«, knurrte er.

Ich dachte, vielleicht hört er dann zu. Ich holte eine Dose aus dem Kühlschrank. Er nahm sie, hielt sie mit ausgestrecktem Arm von sich.

»Das ist sie doch, oder?«, fragte ich.

Er öffnete die Dose, setzte sie an den Mund, nahm einen Schluck. Dann stellte er sie auf sein Knie.

»Ja«, sagte er. »Und was ist mit dem Musiklehrer?«

»Ich soll ihm vorspielen.«

»So. Und dann?«

»Vielleicht unterrichtet er mich.«

Er drehte die Bierdose auf seinem Knie, den Blick auf den Bildschirm gerichtet.

»Und was wird aus mir?«, murmelte er.

Ich hatte jetzt ein Ziel vor Augen und wurde auch besser in der Schule. Ich wollte nicht mehr mit heißem Kopf am Küchentisch sitzen und einen Brief acht Mal neu schreiben, bevor er fehlerfrei war. Also gab ich mir Mühe. Stanley Egger fiel auf, dass ich Fortschritte machte. Eines Tages behielt er mich nach dem Unterricht da und stellte mir einige Fragen über mein Leben. Ich sagte ihm, dass ich Geige spielte. Das machte ihm Eindruck. »Musik verändert das ganze Wesen«, meinte er und sein warmes Lächeln gefiel mir. »Eines Tages wirst du feststellen, dass du alles Schöne und Gute in dir der Musik verdankst.« Er zögerte ein wenig und setzte hinzu: »Und noch was. Versuche, deinem Vater nicht böse zu sein. Er ist nicht so stark wie du.«

Ich dachte über seine Worte nach. Es war schon so, dass Elliot Dinge tat, die er eigentlich nicht tun wollte. Es war, als hätte er noch einen anderen Menschen in sich, dem er gehorchte und vor dessen Gesicht er sich schämte.

Der letzte Sonntag im April. Ich hatte meine Arbeit in Marthas Laden getan und wollte noch etwas üben. Mein Vater war nicht da. Ich ging in mein Zimmer, wollte den Geigenkasten aus der Schublade nehmen. Die Schublade war leer.

Wie der Bruchteil eines flüchtig betrachteten Bildes erschien vor meinem inneren Auge die Erinnerung an ein früheres Erlebnis, genau hier, in diesem Zimmer. Und es war auch die gleiche Schublade gewesen. Die Vision zuckte auf und verschwand. Zurück blieb eine Blindheit wie nach dem Aufflackern eines Blitzes. Etwas schüttelte mich von innen. Ich hörte das Geräusch meines eigenen Atems, während ein Fetzen Klarheit in mir geradezu von selbst dachte: Elliot hat die Geige verkauft, genau wie damals das Kleid meiner Mutter.

Das Zimmer drehte sich vor meinen Augen und wurde schwarz. Ich kämpfte gegen die Verzweiflung an, ich fürchtete, sie würde mich in Stücke reißen. Irgendwie aber musste ich Ruhe bewahren. Gut nachdenken. Nicht mehr durchdrehen wie schon einmal. Ich ließ mich auf die Knie fallen, tastete unter mein Bett und holte die Blechdose hervor, in der ich meinen Lohn aufbewahrte. Das Geld war noch da. Wahrscheinlich hatte Elliot mein Zimmer nach Geld durchsucht, nichts gefunden und sich an die Geige erinnert. Oder war der Grund ein anderer? »Was wird aus mir?«, war seine Frage gewesen, als ich ihm von Castaldis Brief erzählt hatte. Hatte er die Geige genommen, damit ich nicht wegkonnte?

Ich holte tief Luft. Wollte er den Kampf, sollte er ihn haben! Ich rannte die Treppe hinunter, lief aus dem Haus und holte mein Fahrrad.

Archies Bar befand sich mitten im Dorf, gleich hinter dem Motel. Ich stellte mein Fahrrad an die Hauswand und stieß die Tür auf. Countrymusik dröhnte mir in den Ohren. Die Luft war stickig vor Rauch. Es war keine große Bar. An den Wänden hingen die Wimpel verschiedener Basketballklubs, einige ausgebleichte Schädel von Karibus und Hirschen und eine Anzahl alter Waffen. Ein paar Männer saßen an den Tischen, andere auf Hockern an der Bar. Ich erkannte ein paar Väter meiner Mitschüler. Im schummrigen Licht sahen alle zu mir hinüber. Archie spülte ein paar Gläser. Er nickte mir zu, mit einem verlegenen Ausdruck im Gesicht.

»Tag, Shana!«

»Wo ist Elliot?«, fragte ich.

Archie deutete zum Flipperautomaten. Mein Vater saß an einem Tisch daneben, hatte den Kopf auf die

Arme gelegt und döste. Ich trat zu ihm, er rührte sich nicht. Archie hatte die Musik leiser gestellt. Es war still geworden in der Bar.

»Elliot«, sagte ich. »Ich muss mit dir reden.«

Er reagierte nicht. Dabei wusste er genau, dass ich da war. Ich rüttelte ihn an der Schulter.

»Nun komm schon!«

Er schob meine Hand weg.

»Hau ab!«, knurrte er.

Ein fürchterliches Gefühl, nicht mehr die erste Panik, sondern ein tiefer, pochender Schmerz, ließ mich alles nur verschwommen empfinden.

»Los!«, sagte ich.

Er hob das Gesicht, von Alkoholschweiß überzogen, und grinste den anderen zu.

»So behandelt sie mich! Sie sagt ›Los!‹ und ich soll kommen.«

Keiner antwortete. Die Gesichter waren völlig ausdruckslos. Alle wissen es also, dachte ich verzweifelt. Alle.

»Ich kann hier nicht mit dir reden«, sagte ich.

Er sprang plötzlich hoch.

»Hör auf, ehe ich die Wut kriege und dir ein paar klebe.«

Ich bebte und zwang mich, ruhig zu bleiben.

»Elliot, wo ist meine Geige?«

Er fiel zurück auf seinen Stuhl, stoßweise lachend.

»Die Geige? Wo sie jetzt ist, das schert mich einen Dreck!«

Ich ballte die Fäuste. Ich fühlte mich schwindlig, so stark, dass ich glaubte, fallen zu müssen.

»Die Geige gehört mir. Ich will sie zurückhaben.«

Er blinzelte mir zu, durch die beschlagenen Brillengläser.

»Zurückhaben? Das geht nicht. Die ist weg.«

»Weg?«, murmelte ich.

»Stell dich nicht so an«, sagte er, »du hast noch eine andere.«

Ich holte tief Atem.

»Diese Geige gehörte Lela. Lela Woodland. Sie hat gewollt, dass ich sie habe. Sie ist mein Eigentum.«

»Jetzt nicht mehr«, brummte mein Vater. »Gehört Jeff Morgan. Hat mir zweihundert Dollar dafür angeboten. Wollte sie für seinen Sohn, den ältesten. Habe nicht Nein gesagt. Brauchte das Geld. Geschäft ist Geschäft.«

Der Raum wurde dichter, erstickender. Meine Halsader klopfte, ein Druck lastete auf meiner Brust, unter dem Herzen. Ich sah auf meinen Vater hinunter, sah sein irres Grinsen, seinen schiefen Mund.

Eine Hand legte sich auf meine Schulter. Es war Archie und sein dunkles Gesicht zeigte Mitgefühl.

»Er hat sie heute Morgen verkauft. Ich wollte es ihm ausreden, aber er hat es trotzdem getan.«

Mein Vater bewegte den Kopf hin und her.

»Zweihundert Dollar! Ist das etwa kein Geld? Meine Tochter, die hat ihren Lohn. Aber Geld für ihren Vater? Nie im Leben! Die versteckt das Geld irgendwo. Dann also die Geige. Ist ja sowieso nur 'n Stück Holz. Übrigens, ich bin nicht wie du. So geizig, meine ich. Habe noch Familiensinn. Mein Geld ist dein Geld.«

Er zog ein paar zerknitterte Scheine aus der Tasche, warf sie auf den Tisch.

»Da, hol ein paar Sandwiches. Und eine Kiste Pepsi Diät. Ich bin nämlich zuckerkrank. Und Alkohol vertrage ich nicht.«

Er rülpste laut, brach in Gelächter aus. Die Männer an der Bar drehten ihm verlegen den Rücken zu. Archie seufzte nachdrücklich. »Es ist besser, du redest später mit ihm. Wenn er nüchtern ist.«

Das Licht über dem Tresen brach sich in den Flaschen und Gläsern, die dort standen, warf Gittermuster auf die gelb gestrichene Wand. Ich dachte, ich sitze im Gefängnis. In einer Zelle, deren Gitterstäbe aus Licht und Schatten bestanden.

»Ist alles in Ordnung mit dir?«, fragte Archie. »Komm, trink eine Cola!«

Ich schüttelte den Kopf. Die Männer zogen die Füße weg, als ich an ihnen vorbeischlurfte. Archie brachte mich vor die Tür.

»Er hatte Schulden und nicht nur bei mir. Tut mir leid, dass ich dir das sagen muss. Du verstehst schon?«

»Doch«, hauchte ich.

Archie musterte mich besorgt.

»Bist du sicher, dass alles okay ist?«

Ich merkte, dass meine Zähne klapperten, und presste die Lippen zusammen, sodass ich nur wortlos nicken konnte. Archie sah mir bekümmert nach, während ich zu meinem Fahrrad ging und es über die Straße schob. Ich wäre nicht fähig gewesen, in den Sattel zu steigen.

In der Küche spritzte ich mir kaltes Wasser ins Gesicht und ließ es lange über die Handgelenke laufen, in denen es heiß pochte. Es war genau wie damals, als Lela starb: Ich konnte nicht weinen, meine Augen brannten, und das war alles. Nach einer Weile stapfte ich die Stufen hinauf, ging in mein Zimmer. Ich warf einen Blick auf die leere Schublade, legte mich aufs Bett und starrte vor mich hin. Mit weit offenen Augen schaute ich an die Decke, sah zu, wie das Licht sich verdunkelte. Wie in Trance lag ich da. Ich hatte das Gefühl, dass ich kein einziges Mal blinzelte, dass ich nur starrte und starrte. Die Nacht kam, der Schatten der Blätter zuckte an den Wänden. Als es dunkel war, stand ich auf, machte Licht. Ich wanderte im Zimmer herum, auf Beinen, die immer wieder einknickten. Ich nahm etwas Wäsche und Socken aus dem Schrank, zwei T-Shirts, Jeans zum Wechseln, einen warmen Pullover. Das Ganze stopfte ich in einen Rucksack. Ich holte die Blechdose unter dem Bett hervor, glättete sorgfältig die Scheine und steckte sie zusammen mit meinem Ausweis und Castaldis Brief in ein selbst genähtes Ledertäschchen, das ich unter meinem T-Shirt um den Hals trug. Dann verließ ich das Zimmer, schloss sorgfältig die Tür. Auf der Treppe gaben die Knie unter mir nach; ich fiel hart gegen die Wand, rieb mir ächzend die schmerzende Schulter. Ich ging in die Küche, öffnete den Kühlschrank. Bei Martha bekam ich Lebensmittel zu verbilligtem Preis, manchmal steckte sie mir etwas zu, Schokolade und solche Dinge. Sie sagte, du bist noch im Wachstum und viel zu dünn. Ich trank Milch, nahm mir eine Scheibe Brot, bestrich sie mit Erdnussbutter, kaute langsam. Nach einer Weile fiel mir das Denken leichter. Es war meine Geige. Sie gehörte mir. Mein Vater hatte nicht das Recht gehabt, sie zu verkaufen. Was nun? Zur Polizei gehen, Anzeige erstatten? Gegen meinen Vater? Ja, das wäre möglich. Aber was dann? Brachte es mir die Geige zurück? Jeff Morgan war ein reicher, angesehener Mann. Ein Weißer. Was war mein Vater? Ein betrunkener Indianer. Die Geige zurückkaufen? Zweihundert Dollar, die hatte ich nicht, bloß fünfunddreißig und ein paar Cents. Außerdem, wie bringt man jemand dazu, etwas zu verkaufen, das er behalten will? Lieber das Risiko eingehen. Ein großes Risiko. Lange, bevor ich mir alle Einzelheiten zurechtlegte, wusste ich bereits, was ich tun würde. Ich fegte die Krümel auf dem Tisch zusammen, warf sie in den Ausguss, schwenkte das Glas mit Wasser aus und stellte es in die Spüle. Danach packte ich einen halben Brotlaib ein, Erdnussbutter, etwas Schokolade. Ich kochte Kaffee, füllte eine Thermosflasche. Was noch? Ach ja, ein Taschenmesser und Streichhölzer, man konnte nie wissen. Dann nahm ich meinen Parka vom Haken, warf meinen Rucksack über die Schultern und ging. Die Haustür ließ ich offen. Elliot würde wissen, was das zu bedeuten hatte.

21. KAPITEL

Zehn Uhr abends. Ich kauerte unter einem Pappeldickicht und wartete. Den Rucksack hatte ich im Unterholz verborgen. Im Haus brannte Licht, ich sah Gestalten kommen und gehen. Es roch nach Essen und das Wasser lief mir im Mund zusammen. Der Schein des Fernsehers flackerte nach draußen. Ein junger Schäferhund lag an der Kette. Er hatte ein paar Mal gewinselt. Mit Hunden auszukommen, war eigentlich kein Problem. Ich dachte, ich bin schon seit Stunden hier, er hat sich an meinen Geruch längst gewöhnt. Langsam kroch ich näher, verringerte die Distanz zwischen mir und dem Tier, bis ich nahe beim Zaun kauerte. Ein Fenster war offen, ich hörte die Stimmen aus dem Fernsehen, das Klappern von Tellern. Der Hund kam mit klirrender Kette näher. Er streckte den Hals aus, beschnüffelte mich und ich streichelte seine nasse Nase. Er wedelte freundschaftlich; es war ein junges Tier, tollpatschig und verspielt. Der Wolfsgeruch, mochte er ihn oder nicht? Vielleicht kam er ihm vertraut vor. Ich sprach leise zu ihm, ahmte sein Winseln nach. Er drückte sich an den Zaun, damit ich ihn streicheln konnte. Plötzlich wich er zurück. Eine Frau trat aus der Tür. Ich duckte mich tiefer. Der Hund lief in weichen, etwas ungeschickten Sprüngen der Frau entgegen. Sie stellte einen Futternapf vor das Hundehaus und ging. Die Nacht war ruhig, der Mond beinahe voll. Die Bäume standen unbeweglich und silbern. Manche mochten denken, dass die Nacht schwarz war, aber keine Nacht war so schwarz wie ein Körper, der sich vor einem helleren Hintergrund abhebt. Ich kauerte mich im Schatten und wartete.

Stunden vergingen. Im Haus gingen die Lichter aus. Die Tür wurde geschlossen. Nur in einem Zimmer brannte Licht. Ich nahm an, dass es Franks Zimmer war. Frank surfte im Internet, das hatte er in der Schule gesagt. Es wurde zwei, bis auch er das Licht löschte. Wieder verging Zeit. Ich rührte mich nicht. Die leisen und undeutlichen Eindrücke für Auge und Ohr, die zu mir hindrangen – das Rascheln der Blätter, das Piepsen eines verschlafenen Vogels –, klangen friedlich. Bald stand der Mond tief und schräg. Als ich nach Osten spähte, schimmerte hinter den fernen Hügeln der erste Schein der Dämmerung. Wollte ich handeln, dann jetzt. Ich erhob mich, stieß leise das Tor auf und ging durch den Garten. Der Hund knurrte und hob den Kopf.

»Ssssst!«, flüsterte ich. »Schlaf weiter!«

Der Hund gähnte, schüttelte den Kopf und legte ihn wieder auf die Pfoten. Lautlos ging ich an ihm vorbei. Ich fror und meine Beine waren vom langen Sitzen ganz steif geworden. Hinten am Haus befand sich ein Fenster, das zur Toilette gehörte. Der Fensterladen war mit einem Haken versehen und hing schon früher schief, sodass zwischen Sims und Laden eine gute Handbreit offen war. Dahinter blieb das Fenster meist angelehnt. Bei Lela war es jedenfalls so gewesen. Ich nahm an, dass der neue Besitzer den Laden noch nicht ausgebessert hatte, denn Einbrüche waren selten in der Gegend. Und richtig: Es war genau wie vorher. Ich stellte mich mit dem Rücken an die Wand, schob umständlich den Arm zwischen die Lamellen und dem Fensterbrett. Meine tastenden Finger fanden den Haken. Es war nicht einfach, ihn zu bewegen, hoffentlich glitt er mir nicht aus der Hand! Aber ich war geschickt. Es gelang mir, den Haken hochzuschieben und aufzufangen, ohne dass er Lärm machte. Mit kaum hörbarem Knirschen sprang der Laden auf. Und tatsächlich, das Fenster dahinter war offen! Ich wartete, bis mein Atem wieder ruhig ging. Jetzt kam der schwierigste Teil. Ich klammerte mich am Fensterbrett fest und zog mich hoch, wobei ich seitwärts mit dem Bein tastete. Ich hatte kaum Platz, mich zu drehen, aber endlich war ich oben. Zusammengekauert, den Kopf zwischen die Schultern geklemmt, setzte ich mich rittlings auf das Fensterbrett. Mein Herz schlug so laut, dass mein ganzer Körper zitterte. Auf beide Hände gestützt, drehte ich mich mühsam auf den Bauch und rutschte nach innen. Meine tastenden Füße berührten den Klodeckel. Ich stützte mich leicht auf ihn auf, ließ mich behutsam auf den Boden gleiten. Klamm vor Schweiß lehnte ich an der Wand. Immerhin war der Anfang gemacht. Vorsichtig öffnete ich die Tür. Im Flur war alles wie früher, sogar der Schuhschrank am Eingang stand noch da. Im schwachen Licht von draußen konnte ich die Gegenstände erkennen; zum Glück kannte ich mich im Haus gut aus. Aber zuerst galt es, den Fluchtweg vorzubereiten. Ich traute mir nicht zu, in höchster Eile durch das Klofenster zu steigen. Die Haustür? Nein! Die war mit einem schweren Riegel versehen. Ich schlich in die Küche; die Einrichtung war neu und modern. Aber die schmale Tür mit dem Fliegengitter, die in den Garten führte, war dieselbe wie früher. Ich drehte geräuschlos den Schlüssel, öffnete die Tür einen Spaltbreit. Ausgezeichnet! Ich ging zurück in den Flur. Im Treppenhaus fiel kein Licht. Ich zog Lelas Taschenlampe hervor, knipste sie an. Das tat ich ungern, aber ich hatte bemerkt, dass die Besitzer einige Möbel angeschafft hatten. Ich wollte nichts umwerfen oder gegen eine Kante prallen. Zuerst das Wohnzimmer: Hier war alles anders. Der Lichtkegel huschte über ein niedriges Sofa, einige Sessel, ein moderner Teppich. Ein großer Wandschrank mit Stereoanlage und Fernseher nahm eine ganze Seite des Wohnzimmers ein. Auf dem Esstisch stand noch ein voller Aschenbecher. Eine Wanduhr mit bleichem Zifferblatt tickte. Es roch nach kaltem Rauch. Die Geige war bestimmt nicht hier. Ich zog mich zurück, ging die Stufen hinauf; zweimal knarrten die Bretter unter meinen Füßen, aber nichts im Haus regte sich. Meine Nerven waren zum Zerreißen gespannt. Im ersten Stock bemerkte ich an der Wand die Spuren der erst kürzlich abgenommenen Bilder. Es war ein gespenstisches Nichtdasein, Flächen, von denen nur undeutlich erkennbare Umrisse blieben. Lelas ehemaliges Schlafzimmer gehörte jetzt den Eltern. Die Tür stand eine Handbreit offen; dahinter waren schwere, schlürfende Atemzüge hörbar. Zwei kleinere Zimmer lagen gleich gegenüber. Bei einem stand die Tür offen. Ich spähte hinein: Im Zimmer stand eine leere Bücherwand, ein Bettsofa. Das Zimmer musste für den ältesten Sohn bestimmt sein, der in Banff studierte. Im Zimmer daneben schlief Frank. Ich drückte das Ohr an die Tür, hörte pustende Geräusche. Was, wenn er die Geige in seinem Zimmer hatte? Aber nein, bestimmt nicht! Die Geige sollte für den Bruder sein, hatte Elliot gesagt.

Das Erkerzimmer befand sich ein paar Stufen höher. Ich drückte die Klinke sachte hinunter, stieß die Tür auf, zwängte mich durch den Spalt. Ich hatte von draußen die offenen Läden gesehen. Der Raum war in Mondlicht getaucht, sodass ich die Taschenlampe nicht brauchte. Im bläulichen Schein sah ich eine Menge Gerümpel: eine alte Vitrine, ein Bettgestell, ein offener Schrank, gefüllt mit Kleidern, die ungewaschen rochen. Ausrangierte Leselampen, ein Wäschekorb aus Plastik. Neben einem Ständer mit Jagdgewehren erblickte ich einen niedrigen Schrank, den ich zu kennen glaubte. Mein Herz tat einen Sprung. Ja, es war der Schrank, in dem Lela ihre Geige und ihre Noten aufbewahrte. Ich öffnete ihn behutsam. Der Schrank war tief, aber leer, bis auf eine Anzahl Schachteln mit Angelgeräten,

Schnüren, Bleigewichten, Ködern. Leise und schmerzerfüllt schloss ich den Schrank. Als ich mich umwandte, sah ich den Geigenkasten: Er lag auf einem kleinen Tisch, neben Sportzeitschriften, alten Comicheften und versilberten Pokalen. Eine Sekunde lang fühlte ich nichts. Dann durchpulste mich Erregung bis in die Fingerspitzen. Ich ergriff den Kasten, spürte an dem vertrauten Gewicht, dass die Geige an ihrem Platz lag. Rasch verließ ich das Zimmer. Ich bewegte mich jetzt mit größerer Sicherheit, meine Füße fanden von alleine den Weg. Die Stufen knarrten, aber ich war schon darüber hinweg. Nur noch ein paar Schritte! Da sprang Franks Zimmertür auf. Licht erleuchtete das Treppenhaus. Ich verfehlte eine Stufe und stolperte gegen die Wand.

»Stehen bleiben! Oder ich schieße!«, schrie Frank.

Er stand auf der Treppe, im Pyjama, und richtete ein Gewehr auf mich. Das Gewehr war offenbar viel zu schwer für ihn und er brauchte zwei Anläufe, um den Hahn zu spannen. Das Geräusch ging mir durch Mark und Bein. Wir starrten uns an. Franks Augen weiteten sich vor Verblüffung.

»Shana!«

Ich wirbelte herum, rannte die Treppe hinunter. Mein Schatten huschte über die Wand. Frank polterte die Stufen hinter mir her. Schon war ich im Gang, rannte durch die Küche. Dort holte Frank mich ein. Er ließ das Gewehr fallen, wollte mich festhalten. Ich war schneller, warf ihm einen Stuhl zwischen die Beine. Er stolperte, kam wieder hoch, versuchte, mir den Weg zu versperren. Doch seine Bewegungen waren ungeschickter als meine. Auf dem Tisch stand ein großer Milchkrug aus Porzellan. Ich hob den Krug, schmetterte ihn Frank auf den Schädel. Er taumelte zurück, fiel gegen den Kühlschrank und hielt sich den Kopf, benommen von dem Schlag. Schon riss ich die Tür auf, war draußen, rannte durch den Garten. Der Hund sprang bellend hinter mir her. Doch für ihn war es nur ein Spiel, er jaulte und wedelte vergnügt. Ich glitt unter dem Zaun hindurch, tauchte in das Unterholz ein. Überall im Haus brannte jetzt Licht. Auch Franks Eltern waren wach, ihre aufgeregten Stimmen schallten nach draußen. Ich stürmte mit fliegenden Lungen auf das Pappeldickicht zu, ergriff Parka und Rucksack und floh durch den Wald. Ich stolperte über Wurzeln und Steine, rannte durch Dornengestrüpp, das mir Kleider und Hände zerfetzte. Erst nachdem mir endgültig die Luft ausgegangen war, blieb ich stehen. Meine zitternden Beine versagten ihren Dienst. Ich ließ mich auf den Waldboden fallen, wartete, bis das rasende Pochen in mir zu Ruhe kam. Der Tag brach an, der Himmel färbte sich rosa. Aus den Büschen erklang das erste, noch unsichere Zwitschern, mit denen die Vögel den Morgen verkündeten. Ich hatte Kopfweh, jeder Muskel bebte und meine Kehle war trocken. Ich sah auf die Uhr. Halb fünf. In einer Stunde fuhr der erste Bus nach Vancouver. Doch erschauernd kam mir in den Sinn, dass ich mich im Dorf nicht blicken lassen konnte, an der Haltestelle schon gar nicht. Ich war in Jeff Morgans Haus eingebrochen, hatte eine wertvolle Geige gestohlen und seinen Sohn auf der Flucht verletzt. Das war schlimm, das war ganz entsetzlich schlimm! Frank hatte mich erkannt, sein Vater würde Anzeige erstatten. Vielleicht hatte er schon die Polizei angerufen. Eine Personenbeschreibung war leicht, womöglich würden sie sogar ein Bild von mir veröffentlichen. Kürzlich, bei einem Ausflug, hatte mich eine Mitschülerin fotografiert. Was nun? Wie eine riesige Welle schlug Verzweiflung über mir zusammen. Ich umfasste mit beiden Armen meine Knie, wiegte mich in stummer Angst hin und her. Erst jetzt begann ich zu verstehen, was das Ganze bedeutete. Zwischen mir und meiner Kindheit verlief eine Mauer. Die Dinge würden nie wieder sein, wie sie vorher waren. Mir blieb eine Chance, eine einzige nur. Der Vorfall würde vielleicht im Lokalblatt erwähnt werden. In Vancouver nicht. Außer Elliot wusste keiner, dass ich mit Castaldi in Verbindung stand. Und Elliot würde dichthalten, aus Schuldgefühl und Scham. Und in Vancouver selbst? Da würde ich mir eine Arbeit suchen, irgendeine. Gewiss musste ich misstrauisch sein; es gab genug Mädchen, die in Bordellen landeten. Aber vielleicht half mir Castaldi. Und wenn ich ein Stipendium bekam, war ich meine Sorgen los.

Aber wie kam ich nach Vancouver? Mit dem Rad? Zu riskant! Erwischte mich eine Polizeistreife, war ich geliefert. Per Anhalter? Später vielleicht, wenn ich weit genug weg von Beaver Creek war. Die Überlandstraße machte einen großen Bogen ostwärts, durch den Nationalpark war die Entfernung kürzer. Zu Fuß würde ich die Strecke in fünf oder sechs Tagen schaffen. Proviant hatte ich nicht viel. Aber im Wald gab es Beeren und mit den Streichhölzern konnte ich nachts Feuer machen, um mich zu wärmen. Ich dachte an die Wölfin. Im Nationalpark mochten Bären oder Elche gefährlich für mich sein; die Wölfin könnte sie fernhalten. Aber Wölfe verlassen erst dann ihr Revier, wenn sie nicht mehr genug zu fressen haben. Der Gedanke, dass ich ohne sie von hier fortgehen musste, erfüllte mich mit Traurigkeit. Lela, meine Freundin, dachte ich, du hast mich getröstet, als ich einsam war, wir haben zusammen Musik gemacht. Ich werde dich nie vergessen. Aber jetzt muss ich gehen.

Ich stopfte meinen Geigenkasten in den Rucksack, was ihn noch schwerer machte, richtete mich auf und stapfte durch das Morgenlicht. Das Gras war nass vom Tau, der Himmel schillerte fast grünlich. Im Dickicht reiften Walderdbeeren. Ich pflückte eine Handvoll, stopfte sie gierig in den Mund. Als ich mich umwandte, sah ich die Wölfin unter einem Gebüsch liegen. Sie lag völlig ruhig, die Pfoten ausgestreckt, die Ohren zurückgelegt. Sunke Nagi hatte das Bild von einer Wolfsmutter gemalt, die in dieser entspannten Haltung ihre spielenden Welpen überwachte. Mein Atem stockte. Woher wusste Lela, dass ich hier war? Hatte sie meinen Geruch erkannt? Sie klopfte leicht mit dem Schwanz auf den Boden, als ob sie sich auf die Musik freute. Sie konnte natürlich nicht ahnen, dass ich sie jetzt für immer verlassen würde. Wölfe misstrauen stehenden Menschen. Deswegen näherte ich mich ihr in gebückter Haltung und kniete nieder, sodass unsere Köpfe fast auf gleicher Höhe waren.

»Keine Musik, heute, Lela!«

Tränen liefen mir über die Wangen; ich wischte sie mit dem Handrücken weg.

»Ich muss fort. Wir werden uns nie wiedersehen. Ich bin so traurig. Wenn du wüsstest!«

Ich kraulte sie unter dem Kinn, spielte mit ihren Ohren. Die Wölfin ließ ein Winseln hören, streckte die Schnauze vor und leckte mir leicht die Wange. Doch sie blieb aufmerksam. Etwas an meinem Verhalten mochte ihr merkwürdig vorkommen. Oder wusste sie schon die ganze Zeit alles, was in mir vorging? Doch ich durfte keine Zeit verlieren, schon stieg die Sonne. Ich streichelte Lela ein letztes Mal.

»Leb wohl!«, flüsterte ich. Kroch zurück, erhob mich und ging. Kein Geräusch hinter mir, nichts. Doch als ich nach einer Weile über meine Schulter blickte, sah ich, dass mich die Wölfin begleitete, wie sie lautlos durch das Buschwerk huschte. Blieb ich stehen, hielt sie auch an, bewegte leicht den Schwanz hin und her und wartete. Es war genau wie damals, nach dem Unfall, als sie mir in der Dunkelheit gefolgt war. Mein Herz schlug stürmisch. Wie groß war ihr Revier? Riesengroß? Irgendwann würde sie mich im Stich lassen, aber vielleicht nicht heute. Ich hatte eine lange Reise vor mir. Und ich brauchte eine Beschützerin.

22. KAPITEL

Der Wald erstreckte sich unendlich weit, schweigsam und lebendig. Seit Stunden wanderte ich im Schatten dichter Blaufichten. Die kupfernen Stämme glichen Türmen, die sich aus den Schatten der Vorzeit steil in den Himmel reckten. Vor Tausenden von Jahren waren sie aus einem Samenkern entstanden. Nun krallten sie ihre mächtigen Wurzeln tief in die Erde, gruben durch Felsen und Höhlen nach Wasser. Sie atmeten die Sonne ein, schüttelten sich in Winterstürmen. Sonderbar, dieser Wald! Die großen Verkehrsstraßen, die Dörfer, die Städte schienen wie ausgelöscht. Es gab nur wenige Pfade, die irgendwohin zu führen schienen. An manchen Stellen hatten Naturgewalten Steinbrocken losgerissen, über die ich klettern musste. Die Wölfin war nicht zu sehen. Doch ich spürte ihre Gegenwart. Manchmal trug mir der Wind ihren Geruch zu. Mit dem Proviant musste ich sparsam umgehen, das Brot wurde trocken und der Kaffee war längst ausgetrunken. Ich hatte großen Durst. Zum Glück fand ich eine Quelle, die unter Felsblöcken sickerte. Das Wasser drang aus der feuchten Erde, die hier porös schien, und sprühte wie grünes Kristall. Ich hielt Gesicht und Hände in das wunderbar kalte Wasser, trank davon und füllte meine Thermosflasche.

Dann wanderte ich weiter. Ich richtete mich nach der Sonne, sodass ich nie die Orientierung verlor. Der Weg führte steil aufwärts. Meine Muskeln schmerzten, der Rucksack war schwer, aber ich befahl mir: Vorwärts! Von einer Anhöhe aus sah ich, wie die Wälder ihren grünen Kreis nach allen Richtungen zogen. In unendlich weiter Entfernung schimmerte der Horizont wie ein Strand, dessen innerer Rand von der Hügelkette gebildet wurde. Das Meer!, dachte ich. Müde stapfte ich weiter, überschritt mit schmerzenden Beinen den Kamm. Von nun an würde es nur noch bergab gehen, aber das machte das Laufen nicht einfacher. Bald ging die Sonne unter. Noch eine Stunde, dann war endgültig Schluss; ich wollte meine Kräfte nicht überfordern. Ich fand eine Lichtung, auf der jede Menge Blaubeeren wuchs. Ich pflückte, so viel ich konnte. Bald war meine Hand voller Blaubeerflecken, feucht und klebrig von dem Saft, der zwischen den Fingern hindurchrann. Schokolade, Erdnussbutter und Blaubeeren! Die merkwürdige Mischung brachte mich zum Lachen. Müde streckte ich mich auf meinem Parka aus. Hoch über den Bäumen blinkten die ersten Sterne. Ich sah, wie sie heller wurden, doch bald fielen mir die Augen zu. Ich schlief ein. Es war tiefe Nacht, als ich plötzlich erwachte. Ich spürte eine Gegenwart, ein warme Berührung. Ich hob den Kopf, nicht eigentlich erschreckt, hörte ein beruhigendes Winseln. Die Wölfin war zu mir gekrochen, wärmte mich mit ihrem Körper. Ich umfasste mit beiden Armen ihre Flanken. Meine Wange ruhte auf dem weichen, warmen Fell. Das Auf und Ab ihres Atems wiegte mich in den Schlaf.

Ich erwachte, steif vor Kälte. Hinter den schuppigen Stämmen schimmerte rosa die Sonne. Die Wölfin war weg. Möglicherweise hatte ich nur geträumt. Doch nein: Ein ganz besonderer Geruch und der flach gedrückte Grasboden zeigten, dass sie in der Nacht meine Nähe gesucht hatte. Mir kam in den Sinn, dass die Wölfin mit mir wie mit einem ihrer heranwachsenden Welpen umging. Sie ließ mir viel Freiheit – sieh zu, wie du fertig wirst! –, war jedoch immer da, wenn sie meinte, dass ich Schutz brauchte.

Ich war hungrig und verwirrt und hatte Muskelkater. Ich machte einige Bewegungen, um meine Glieder zu lockern. Die Vögel lärmten in den Büschen, Bienen summten und hoch über den Bäumen kreiste ein Adler. Ein unsichtbarer Bach plätscherte. Ich ging auf das Wasser zu. Die Grashalme im Schatten waren nass und schlüpfrig. Blätter häuften sich aus dem Herbst vieler Jahre. Sie waren schwarz und weich und rochen modrig. Ich wusch mich im Bach, kämmte mein zerzaustes Haar. Auch diesmal bestand mein Frühstück aus Blaubeeren, dazu weichte ich mein letztes Stück Brot im Wasser auf. Damit waren meine Vorräte aufgebraucht. Ich warf meinen Rucksack über die Schultern und machte mich auf den Weg. Hier auf dem Bergkamm schien die Sonne, aber das Tal war noch mit Nebel gefüllt. Von einem Augenblick zum anderen veränderten die Nebelschwaden Form und Farbe. Dann lösten sich die Dämpfe auf, alles ringsum glänzte, funkelte, strahlte. Die bewaldeten Höhenzüge waren das Reich der Tiere, doch außer Vögel aller Art sah ich nur ein gestreiftes Stinktier und einige Eichhörnchen, die ruhelos von Zweig zu Zweig sprangen.

Einmal hörte ich bachabwärts das laute Klatschen massiger Biberschwänze. Die Nähe der Wölfin schien die Tiere zu beunruhigen. Tagsüber sah ich sie wenig. Ich nahm an, dass sie schlief, denn Wölfe gehören zu den Tieren, die tagsüber ruhen. Sie erwachen erst bei Nachteinbruch, um Beute zu reißen. Aber es machte mir nichts aus, ich fühlte die Gewissheit in mir, dass sie über mich wachte. In dieser zweiten Nacht kam sie, als ich bereits eingeschlafen war. Sie drehte sich drei- oder viermal um sich selbst, kratzte die Erde und legte sich nieder. Ich umfasste sie, legte den Kopf auf ihre ruhig atmende Flanke. Im Halbschlaf hörte ich die vertrauten Geräusche der Nacht. Eine Wachtel schlug, eine Eule schrie dumpf und weich. Der Wald war voller Geheimnisse und ich schlief weiter, friedlich und voller Vertrauen, im Bewusstsein einer Freundschaft, an die ich glaubte wie an ein Wunder und die ich hinnahm wie ein Geschenk.

23. KAPITEL

Die wirklichen Strapazen begannen am dritten Tag. Ich hatte gut geschlafen, aber mein Magen war leer. Kein Mensch kann nur von Blaubeeren leben! Der Hunger nahm mir jede Kraft. Ich ging mit äußerster Anstrengung, schleppte mich weiter, Schritt für Schritt. Bald war ich zu schwach zum Denken, zu schwach zum Gehen, zu müde zum Klettern – ich ging und kletterte trotzdem weiter. Mein Haar war völlig verschwitzt, meine Beine weich wie Pudding. Der Bach hatte sich nach Norden gewendet, zum Trinken hatte ich nur das Wasser aus der Thermosflasche, das bald aufgebraucht war. Nach einigen Stunden machte mich der Durst fast rasend. Ich schob einen Stein in den Mund, Spucke sammelte sich an. Das half ein wenig. In der Not besann ich mich auf einige meiner Fähigkeiten zurück. Früher waren die Indianer die besten Jäger und Fallensteller. Das Anbringen einer Falle war eine Sache der Geduld, die mir wenig lag. Aber ein Messer werfen, ja, das konnte ich. Es kam vor, dass wir es nach der Schule übten, obwohl es eigentlich verboten war. Aber Halbwüchsige kann man nicht immer im Auge behalten! Und ich zeigte mich in diesen Dingen nicht ungeschickter als ein Junge. Ein Tier zu töten, widerstrebte mir, aber ich musste unbedingt wieder zu Kräften kommen. Also drückte ich mit dem Daumen auf mein Messer, die Klinge schnellte heraus. Ich stellte mich in den Schatten und wartete. Nicht lange darauf erblickte ich ein kleines schwarzes Eichhörnchen auf einem Ast. Ich hob sehr langsam das Messer, wartete auf einen günstigen Augenblick. Als das Eichhörnchen den Baum hochstürmte, warf ich das Messer, indem ich etwas höher als das Tier zielte. Das Messer zog eine blitzende Bahn und traf das Tier, das vom Baum fiel. Ich lief auf das Eichhörnchen zu. Vielleicht war es Zufall gewesen, aber der kleine Kopf war fast abgetrennt, sodass das Tier kaum Schmerzen gelitten hatte. Mein Herz pochte. Ich sprach das alte Gebet der Jäger, um die Seele des Tieres zu besänftigen: »Verzeih mir, wenn ich dich töte, aber ich brauche dich, um am Leben zu bleiben.«

Ich legte Steine im Kreis, sammelte Holz und machte Feuer. Dann zog ich dem Eichhörnchen das Fell ab. Die Haut ließ sich leicht schneiden und ablösen. Ich spießte das Tierchen auf einen Stock und hielt es im guten Abstand über die Flammen. Das Feuer knisterte, winzige Funken sprühten aus dem trockenen Holz, der brutzelnde Braten duftete lecker. Es wurde allmählich dunkel. Plötzlich bemerkte ich unter den Bäumen einen dunklen Schatten. Lela! Halb laut rief ich ihren Namen. Doch Wölfe fürchten sich vor Feuer. Lela bewegte nervös den Kopf und ließ sich zögernd in kurzer Entfernung nieder.

Ich sprach zu ihr, um sie zu beruhigen: »Siehst du? Ich bin eine Jägerin wie du! Das riecht gut, nicht wahr? Ein Eichhörnchen ist ein ganz kleines Tier, aber das macht nichts. Warte einen Augenblick, du sollst deinen Anteil haben.«

Als das Eichhörnchen gar war, zog ich das weiche Fleisch in Streifen ab. Die Knochen, an denen noch Fleischreste hingen, hielt ich Lela hin.

»Komm! Das ist für dich.«

Die Wölfin schnupperte, ließ ein kurzes Jaulen hören und rührte sich nicht vom Fleck. Ich verstand sofort.

»Warte, ich brauche das Feuer nicht mehr. Außerdem zieht es Mücken an.«

Ich löschte das Feuer mit Sand. Erst jetzt trat die Wölfin langsam näher, schnappte die Knochen, die ich ihr reichte. Es dauerte keine Sekunde, da hatte sie alles geschluckt, ohne zu kauen. Nun gab sie einen Schmatzlaut von sich, kämmte sich mit der Zunge ihr dunkel glitzerndes Brustfell. Ich verbiss mir ein Lachen.

»Tut mir leid, davon wirst du nicht satt. Aber vielleicht fange ich morgen ein größeres Tier?«

Das Fleisch schmeckte gut nach Nuss und gab mir neue Kräfte. Ich fühlte mich besser. Und auch in dieser Nacht lag die Wölfin neben mir. Ich spürte selbst im Schlaf, wie sie atmete. Sie passte ihren ursprünglichen Lebensrhythmus dem meinen an, um mir Schutz und Wärme zu geben. Ich war ihr unendlich dankbar dafür.

Am nächsten Morgen schlürfte ich den Tau, der sich in den größeren Blättern angesammelt hatte. Ich verzehrte das bisschen Fleisch, das ich aufbewahrt hatte, und machte mich auf den Weg. An diesem Tag kam ich in ein sumpfiges Gebiet. Ein seltsamer grüner Schimmer erfüllte den Wald. Er kam von den Moosen, die wie ein Teppich die Felsen überwucherten. Hier lebten Frösche, ihr Gequake klang monoton und einschläfernd. Ich sah auch Schlangen, die sich auf einem Stein sonnten, oder wie ihre Ringe langsam durch die Büsche rollten. Einige Sorten waren giftig. Ich dachte, wenn ich nichts Böses im Sinn habe, werden sie mir auch nichts tun. Ich fand einen Tümpel, in dem das Wasser klar war, und trank aus der hohlen Hand. Das Wasser war voller Mückenlarven und schmeckte nach Erde und Wurzeln. In kurzer Entfernung von dem Tümpel fand ich zwei knollenartige Pflanzen, die mich stark an Zuckerrüben erinnerten. Ich schälte ein Stück Haut ab und probierte. Nicht übel, aber gekocht wären sie besser! Mir kam ein alter Indianertrick in den Sinn. Ich grub die Knollen in die Erde und entfachte ein Feuer darauf. Nach einer Weile stieß ich die Erde fort, holte mit einem Stock die heißen Knollen aus dem Boden. Da ich sie aufrecht eingegraben hatte, hatte sich am oberen Teil, beim Krautansatz, eine zuckerartige Flüssigkeit gebildet. Ich schälte sie mit dem Messer und hatte ein schmackhaftes Mittagessen! Doch wo Sümpfe sind, leben Mücken. Meine Kopfhaut war bereits voller Stiche. Ich streifte trotz der Hitze den Parka über, zog die Kapuze tief ins Gesicht und wanderte weiter. Zum Glück veränderte sich die Landschaft bald. Der

Boden stieg an, wurde felsiger und dunkler, die Angriffe der Mücken ließen nach. Es wurde Abend und wieder plagte mich der Hunger. Ich dachte, ich muss wieder jagen. Aber hier schienen nur Vögel zu leben. Manchmal flogen sie tiefer, aber ich wollte das Messer nicht nach ihnen werfen. Es war fast unmöglich, einen Vogel zu treffen. Dazu kam die Gefahr, das Messer im Dickicht zu verlieren. So zog ich meinen Parka aus, bereit, ihn über einen hüpfenden Vogel zu werfen. Vögel fängt man, indem man still und geduldig im Unterholz wartet. Aber was, wenn kein Vogel sich blicken lässt? Woher sollte ein mit Hamburgern, Erdnussbutter und Cornflakes gefüttertes Indianermädchen die Tricks einer Jägerin kennen? Hätte ich bloß einen Kochtopf mitgenommen! Da hätte ich aus Blättern und Moosen eine Brühe kochen können. Aber ich hatte nur an meine Geige gedacht, nicht an einen Kochtopf.

Es wurde dunkel, vor Hunger hatte ich Magenkrämpfe. Da – ein leises Rascheln im Gebüsch. Ich wandte mich um, das Messer einsatzbereit in der Hand. Doch schon roch ich den süßlichen Wolfsduft und erblickte Lela, die gemächlich näher trabte. Ich ließ das Messer zuschnappen und seufzte.

»Tut mir leid! Den Braten muss ich erst noch fangen.«

Lela gab einen merkwürdigen Laut von sich, eine Art knurrendes Winseln. Sie trat ganz nahe an mich heran, krümmte den Rücken. Ihr Nacken bog sich und sie würgte einen kleinen Fleischberg aus sich heraus, vor mir auf den Boden. Ein paar Sekunden lang war ich zu verblüfft, um mich zu rühren. Was ging mit der Wölfin vor? Hatte sie etwas gefressen, das ihr nicht bekam? Doch plötzlich entsann ich mich, dass Wolfsmütter ihre Kleinen, sobald sie entwöhnt sind, mit vorgekautem und vorverdautem Fleisch füttern. Offenbar war ich für Lela eine Art Adoptivtochter. Gestern hatte ich das Fleisch mit ihr geteilt, da hatte die Wölfin sofort gefolgert: »Aha, meine Kleine trinkt keine Milch mehr, sie braucht Fleisch!«

Von Ekel war nicht die Rede, aber ein bisschen Überwindung gehörte schon dazu. Und das zerkaute Fleisch musste gebraten werden. Aber zuerst wollte ich der Wölfin danken. Ich legte mich neben sie, kraulte ihr den Hals und den Kopf. Lela ließ ein zufriedenes Winseln hören. Ihr warmes Fell glättete sich voller Zuneigung. Dann setzte sie sich abseits und beobachtete, wie ich Holz sammelte und Feuer anzündete. Ich spießte die weichen Fleischstücke auf einen Stock und hielt sie über das Feuer, bis sie brutzelten. Das Fleisch schmeckte hervorragend, endlich wurde ich satt. Zum ersten Mal in all diesen Tagen war ich fähig, an etwas anderes zu denken als an Essen. Ich wollte die Wölfin belohnen, ihr gleichzeitig zu verstehen geben, dass ich morgen wieder ein paar Fleischbrocken brauchte. Und ich wusste genau, wie ich ihr meine Dankbarkeit zeigen konnte. Ich löschte das Feuer, holte die Geige aus dem Kasten und spielte ein Andante von Mozart. Die Wölfin hob den Kopf, dem aufsteigenden Mond entgegen, heulte sanft und lang gezogen, eine ganze Weile lang. Es klang unglaublich traurig und gleichzeitig so vertraut, dass mir die Tränen kamen. Der Gesang der Wölfin, in derselben Tonlage wie der Geigenklang, war der Gesang des Einklangs mit der Welt. Und als – lange Zeit später – wieder Stille eintrat, schien diese Stille mit unsichtbaren Schwingungen erfüllt wie ein Echo, das in der dunklen Luft langsam verklang. Später lag ich, warm und geborgen, den Rücken an die Flanke der Wölfin gepresst. Der Wind spielte in Lelas braunen Haaren, ihre Ohren zuckten von Zeit zu Zeit. Auch im Schlaf horchte sie auf die nahen oder fernen Geräusche des Waldes. Der Austausch zwischen uns, der vertraute Umgang zeigten, dass Mensch und Tier auf der gleichen, unendlichen Leiter der Schöpfung Seite an Seite beieinanderstanden. Und ich wusste, dass wir dieses Vertrauen einzig und allein der Musik verdankten. Mit diesem Gedanken schlief ich ein.

24. KAPITEL

Bei Sonnenaufgang war die Wölfin verschwunden. Sie schien verstanden zu haben, dass ich tagsüber gut ohne sie auskam. Zum Frühstück aß ich Blaubeeren, hoffend, dass Lela mich heute Abend wieder mit Fleisch versorgen würde. Wie gewohnt achtete ich gut darauf, wo ich langging. Bergpfade sind gefährlich, verlangen Aufmerksamkeit bei jedem Schritt. Im Tal waren Holzfäller an der Arbeit. Von der Anhöhe aus sah ich ein Dutzend Männer mit Helmen und orangefarbener Schutzkleidung. Als der Wind sich drehte, war das Summen der Kreissägen deutlich zu hören. Eine große Zahl Fichten war schon gefällt worden. Von oben gesehen wirkten die breiten Schnittflächen wie frisch klaffende Wunden. Der Anblick tat mir fast körperlich weh. Langsam schob eine Maschine ihr Frontschild durch das Gewirr von Ästen und Zweigen. Langholz wurde zum Abtransport aufgeschichtet, einige Schlepper standen schon bereit. Ich wanderte weiter und bald hörte ich das Plätschern von Wasser. Erst ganz sanft, dann deutlicher. Am Fuß einer Felswand schäumte ein Bach. Das Wasser drang an verschiedenen Stellen aus der Erde, sprühte auf

Moose und Farne. Ich trank in langen, durstigen Zügen, spülte meine Thermosflasche aus, füllte sie mit frischem Wasser. Erst jetzt fiel mir auf, wie schmutzig ich war. Meine Haare waren verfilzt, meine Haut roch nach Asche und Schweiß. Ich zog meine Kleider aus, wusch mich von Kopf bis Fuß, auch das Haar. Es war entsetzlich kalt, mein ganzer Körper fühlte sich taub an. Schlotternd lief ich ins weiche Gras der Bergwiese zurück, zog mich hastig wieder an. Meine Socken stanken entsetzlich, aber ich konnte sie jetzt nicht wechseln. Auch das schmutzige T-Shirt, den befleckten Pullover und die Jeans behielt ich notgedrungen als »Reisekleidung« an. Ich wollte dem Professor nicht als Vogelscheuche vor die Augen treten! Ich hockte mich nieder, holte meinen Kamm aus dem Rucksack, entwirrte und kämmte mein nasses Haar. Die natürlichen Geräusche des Waldes fügten sich angenehm mit dem Plätschern des Baches zusammen. Plötzlich kribbelte mir das Rückgrat. Irgendwas war nicht in Ordnung. Im Gegenteil, irgendetwas stimmte nicht. Es war ein Geruch. Ein Geruch, der jede Nervenfaser in meinem Körper anspannte wie eine Bogensehne: ein menschlicher Geruch.

Ich wandte mich um und sah einen der Holzfäller am Waldrand stehen. Aus meinen Poren drang Schweiß. Wie lange stand der Mann schon da? Schnell stopfte ich den Kamm in meine Gesäßtasche, schlüpfte in meine Turnschuhe. Der große, braun gebrannte Mann kam langsam näher. Jetzt sah ich sein Gesicht deutlicher.

Die viereckige Kinnlade trat ein wenig hervor und mit ihr die kräftigen, fleischigen Lippen. Das Haar war dicht und wirr, ein Bart betonte die harten Wangen. Ich nahm meinen Rucksack und kam mit einem Sprung auf die Beine. Doch er stand schon vor mir, so nahe, dass er mich berühren konnte. Ich zwang mich, keine Angst zu zeigen.

»Tag«, grüßte der Mann.

»Tag«, antwortete ich spröde.

»Na, das ist aber eine Überraschung«, sagte er.

Ich erwiderte das Erste, was mir in den Sinn kam.

»Ich habe die Holzfäller gesehen.«

Er nickte.

»Im nächsten Jahr wird hier eine Straße gezogen.«

»So?«

Er zog ein Päckchen Zigaretten aus der Brusttasche, bot mir eine an. Ich schüttelte den Kopf.

»Ich rauche nicht.«

»Nein?«

Er nahm selbst keine, sondern steckte das Päckchen wieder ein.

»Bist du alleine hier?«

»Nein, mit … mit einer Freundin.«

»Aha. Und wo ist sie denn?« Die Art, wie er sprach, gefiel mir nicht.

Ich sagte: »Sie kommt gleich. Wir machen einen Ausflug.«

»Woher seid ihr?«

»Aus Clinton«, sagte ich.

»Indianergebiet«, murmelte der Mann, mit einer besonderen Betonung. »Chippewa, was?«

Er lächelte auf eine einnehmende, freundliche Art. Manchen Mädchen mochte diese Art gefallen. Ich jedoch sah den Schatten in seinem Lächeln und fröstelte.

Ich sagte: »Ich muss jetzt gehen.«

»Du wolltest doch auf eine Freundin warten.«

»Ich gehe ihr jetzt entgegen.«

»Augenblick! Niedliche Indianermädchen kommen selten in die Gegend. Wir sind da ein paar Kerle, die ganz gerne netten Besuch hätten. Wir wär's mit einem Drink?«

Er holte ein Handy hervor, wollte auf eine Taste drücken.

»Nein«, sagte ich.

»Ein Bier oder zwei, warum nicht? Kleine Indianerinnen sind doch scharf auf Bier, oder? Ruf deine Freundin! Wir feiern 'ne richtig tolle Party!«

»Wir … wir haben keine Zeit!«

»Warum denn so eilig?«

»Da … da sind Freunde, die uns erwarten.«

Seine Augen, hell wie blaue Steine, wichen nicht von meinem Gesicht. Er verzog spöttisch den Mund, ließ das Handy wieder in seiner Tasche verschwinden.

»Tja, mir kommt es eher so vor, dass du Angst hast, he? Was gibt es denn zu fürchten morgens um zehn, mit ein paar netten Kumpels?«

Ich wich seinem Blick aus, machte vorsichtig einen Schritt zur Seite.

»Ich will jetzt lieber gehen.«

Kurzes Schweigen. Seine Lippen zuckten amüsiert.

»Wir wollen wetten, okay? Ich wette, dass du keine Freundin hast. Dass du ganz alleine unterwegs bist. Stimmt's? Habe ich die Wette gewonnen?«

Ich holte tief Luft.

»Lassen Sie mich vorbei.«

»An mir vorbei? Dann geh doch!«, sagte er spöttisch.

»Nicht, wenn Sie da stehen.«

»Tu nicht so«, sagte der Holzfäller. »Ich kenne die ›Skins‹ aus dem Reservat. Du hast genau die Art, die solche Mädchen haben. Sie sind ganz scharf auf diese Dinge. Du doch auch, oder? Wer sich mitten im Wald nackt auszieht, muss doch damit rechnen, dass jemand in der Nähe ist, oder?«

Ich hörte kaum noch zu, was er sagte. Ich starrte in sein Gesicht und erkannte die kalte Grausamkeit in seinem Blick. Sein freundliches Aussehen verbarg Hass und Gewalt. Weglaufen!, dachte ich. Aber hinter mir war kein Weg, nur der Bach und die Felswand. Mich verteidigen? Womit? Das Messer steckte tief in meinem Rucksack, zu dumm! Wo lag meine Chance? Darin vielleicht, dass ich mich im Wald schneller bewegen konnte als er. Ich schlug einen Haken und rannte an ihm vorbei, doch er holte mich mit zwei Sprüngen ein. Der Rucksack, der über eine Schulter hing, fiel mir über den Arm. Ich verlor das Gleichgewicht, stolperte. Er packte mich, zerrte mich rückwärts an den Haaren. Ich fiel ins Gras, rammte ihm mein Knie in den Magen.

»Du verdammtes kleines Biest!«, zischte er.

Ich versuchte aufzustehen, er zog mich wieder hinunter, drehte mir den Arm nach hinten. Ich hörte mein Schultergelenk knacken, schrie vor Schmerz auf. Er lachte heiser.

»Na, na, und was jetzt? Willst du nicht deine Freundin rufen, ihr sagen, dass dieser schlimme Kerl hinter dir her ist?«

Ich spuckte ihn an und er schlug mir ins Gesicht. Ich hatte das Gefühl, mein Kopf explodierte, schnappte keuchend nach Luft. Das Gewicht war entsetzlich, nicht auszuhalten. Finger krallten sich in meinem T-Shirt fest, der Stoff zerriss. Seine Hände machten sich am Reißverschluss meiner Jeans zu schaffen. Für den Bruchteil einer Sekunde wurde es mir schwarz vor Augen, als eine knurrende, gesträubte Masse vom Himmel fiel. Ein jähes kurzes Getümmel. Ich war frei, konnte atmen. Ein Mann schrie aus Leibeskräften. Das Schreien hörte sich grässlich an. Ich rollte mich auf die Seite. Der Holzfäller wandte und krümmte sich in Todesangst, schlug blindlings auf die Wölfin ein, die ihn zu Boden gerissen hatte. Krallen zerfetzten seine Kleider, Zähne rissen klaffende Wunden in sein Fleisch. Panik durchraste meinen Kopf. Ich sprang auf die Füße, trat ganz nahe an die brüllende umklammerte Masse heran.

»Nein«, schrie ich. »Nein, Lela!«

Sie presste den Mann mit ihrem ganzen Gewicht am Boden fest, wandte mir ihre knurrende Schnauze zu. Ihr Nackenhaar war gesträubt, ihre Augen zu Schlitzen verengt. Ein dumpfes Grollen erschütterte ihre Rippen. Sie zog die Lefzen zurück, entblößte die blutigen Zähne.

»Lela! Bleib ruhig!«, rief ich verzweifelt. »Hör doch, hör doch! Bitte, bring ihn nicht um!«

Wölfe gingen nicht auf Menschenjagd, aber Lela hatte meine Angst gerochen, die drohende Gefahr vernommen. Dieser Mensch hatte mich bedroht. Eine Wölfin, die ihre Welpen verteidigt, kennt keine Gnade. Aber Lela vernahm das Bitten in meiner Stimme. Weil ich sie anflehte, gehorchte sie. Brummend ließ sie von ihrem Opfer ab, wich zurück. Ihre gestrafften Muskeln bebten, die Augen glänzten im eisigen Gelb. Noch immer war ihr Nacken gesträubt, die Lefzen über die Zähne gezogen.

Eine heisere Klage drang aus der Kehle des Holzfällers. Schauer durchschüttelten seine zerbissenen Glieder. Er öffnete die Augen, sah mich neben Lela stehen, die Hand auf ihrem Rücken, und auf ihn hinunterblicken. Er verzog mühsam den Mund und verlor das Bewusstsein. Er war scheußlich zugerichtet, doch seine Verletzungen schienen nicht lebensgefährlich. Seine Schutzkleidung hatte ihn vor dem Schlimmsten bewahrt. Er hatte sein Handy dabei und konnte um Hilfe rufen. Man würde ihn zu einem Arzt bringen, der seine Wunden flickte. Ich empfand kein Mitleid mit ihm, nicht einen Funken. Er hatte seine Strafe verdient. Aber ich hatte bereits einen Diebstahl auf dem Gewissen. Ein Mord war eindeutig zu viel.

»Komm!«, sagte ich zu Lela. »Wir gehen.«

Ich hob meinen Rucksack auf, machte mich auf den Weg. Die hinkende Wölfin trabte dicht hinter mir her. Und an diesem Tag wich sie nicht mehr von meiner Seite. Sie kannte die Bosheit der Menschen und wollte mich vor Gefahren beschützen.

25. KAPITEL

Seit Stunden regnete es, die Temperatur war gesunken. Der Regen kam vom Meer, brachte drückende Feuchtigkeit. Mühsam stolperte ich über Wurzeln, über lockere Erde voran. Die Wolken schienen nicht oben am Himmel zu sein, sondern im Wald. Sie wanderten mir entgegen, wehten zwischen den Bäumen wie Dampf. Vögel kauerten bewegungslos in den Zweigen. Das Gelände unter meinen Füßen senkte sich mal mehr, mal weniger, dann wieder überhaupt nicht. Ich hatte das Gefühl, dass die Welt auf die Größe einer weißen Kugel einschrumpfte. Die durchnässten Kleider klebten an meiner Haut. Die Kälte nahm zu. Ich klapperte mit den Zähnen, der Regen prasselte auf meinem Kopf, Haarsträhnen hingen mir in die Augen. Doch ich hatte feine Ohren, sodass ich nicht völlig die Orientierung verlor. Allmählich mischten sich ferne, brausende Geräusche in das Prasseln des Regens. Ich blieb stehen, lauschte angestrengt. Die Autobahn! Bald war ich am Ziel meiner Reise. Frierend stapfte ich weiter. Die Wölfin, wusste ich, war nicht weit. Seit der Sache mit dem Holzfäller waren zwei Tage vergangen und Lela blieb stets in meiner Nähe. Ihr Fell schützte sie vor Nässe, das Wasser floss über die drei Schichten ihrer langen Haare wie über einem steilen Schrägdach ab. Doch ich war, trotz meines Parkas, nass bis auf die Knochen, fühlte mich schwach und apathisch. Jeder Schritt kostete mich unendliche Anstrengung und musste trotzdem getan werden. Endlich gewann ich den Eindruck, dass der Wald weniger dicht war. Unbeholfen wanderte ich an Felsbrocken vorbei, als Wind aufkam und der Regen nachließ. Alles geschah in wenigen Minuten: Die weißen Nebelschichten hoben sich, gaben in der Ferne die schiefergraue Meeresfläche frei, die Reihen der Hochhäuser, die Kräne. Über der Meeresenge waren jetzt die Wolken zitronengrün, die Sonne kam durch. Ich erkannte sogar, schmal wie weiße Bleistifte, einige große Ozeandampfer. Eine gewaltige Brücke führte über die Autobahn, die eine große Schleife stadteinwärts zog. Soweit das Auge reichte, funkelte die Lichterkette der Scheinwerfer. Jeder Wagen tauchte unter die Brücke mit dem gleichen hastigen Zischlaut. Diese Brücke musste ich jetzt überqueren und gleich dahinter begann Wohngebiet. Traurig dachte ich an Lela; weiter konnte sie nicht gehen. Die Stunde des Abschieds war gekommen, viel schneller und plötzlicher, als ich es erwartet hatte. Aber ich musste mich von ihr trennen. Ich war inzwischen überzeugt, dass ihr Rudel weit weg war, aber vielleicht fand sie andere Wölfe, die sie aufnahmen? Solange Einzelgänger dem Leitwolf gehorchten und den Welpen kein Fleisch stahlen, wurden sie zugelassen. Lela, dachte ich, würde gut auf die Jungen aufpassen, während das Rudel jagte! Aber jetzt musste ich ihr erklären, dass wir auseinandergingen. Ich musste es ihr ganz deutlich machen, es sie fühlen lassen.

»Lela!«, rief ich. Und noch einmal: »Lela!«

Schwerer, süßlicher Geruch wehte zu mir hinüber. Lela roch stark, das machte der Regen. Sie saß ganz ruhig unter einer Kiefer. Der nasse Baumstamm schimmerte rot in der Abendsonne, die Nadeln glitzerten wie polierter Stahl, als wären sie wirkliche Nadeln. Ich ließ den Rucksack zu Boden gleiten, näherte mich der Wölfin in gebückter Haltung. Sie richtete die Ohren nach vorn. »Es ist vorbei, Lela!«, sagte ich. »Wir müssen uns trennen.«

Sie winselte, schlug mit dem Schwanz. Ich streckte die Hand aus, streichelte die Wölfin unter dem Kinn, rieb meine Wange an ihrem Hals. Sie schloss genüsslich die Augen, beleckte zärtlich mein Ohr.

Ich sprach leise weiter: »Hör zu, Lela! Du kannst nicht mitkommen. Die Stadt ist viel zu gefährlich für dich. Und ... ich danke dir für alles. Ohne dich hätte ich es nie geschafft. Du hast mich gerettet, Lela. Und ich weiß ... ich weiß, eines Tages sehen wir uns wieder!«

Ich konnte nicht mehr sprechen. Dicke, heiße Tränen stiegen mir in die Augen. Ich verlangsamte nach und nach die Bewegung meiner Hand auf Lelas Hals, ließ sie ruhen, zog sie zurück. Die Wölfin kreuzte ihre Vorderpfoten und blieb unbeweglich. Doch ich merkte ihre Anspannung, ihre Wachsamkeit. Wölfe spüren die Gefühle der Menschen und meine Unruhe war ihr nicht entgangen. Ich war voller Schmerz, aber ich wollte den Abschied kurz machen. Ich ließ meine Hand herabfallen, wich langsam zurück, ich tastete nach dem Rucksack, kam auf die Beine.

»Leb wohl, Lela!«

Die Wölfin kratzte den Boden, wollte sich in Bewegung setzen.

»Nein«, sagte ich.

Die Wölfin sah mich an, den Kopf leicht schräg gelegt. Sie versuchte zu verstehen.

»Bleib, Lela, bleib!«, sagte ich. »Ich gehe alleine.«

Rückwärts ging ich ein paar Schritte. Die Wölfin zögerte, dann richtete sie sich auf, hinkte mir nach.

»Geh nicht weiter, Lela! «

Ich starrte sie an, gab ihr mit den Augen den Befehl, mir nicht zu folgen. Lela blieb stehen, ließ ein Winseln hören, das wie eine Frage klang. Ich drehte ihr den Rücken zu, ging ein paar Schritte. Wandte mich wieder um.

»Bleib, Lela! Du musst bleiben!«

Wieder entfernte ich mich ein Stück. Als ich über die Schulter sah, erblickte ich Lela. Sie saß wieder unter der Kiefer, schmal und dunkel wie eine Skulptur. Sie rührte sich nicht, bewegte auch nicht die Ohren. Ihre Augen waren auf mich gerichtet. Ein Schluchzen löste sich aus meiner Kehle. Ich wandte mich um, ging mit schnellen Schritten weiter. Die Wölfin folgte mir nicht: Sie hatte verstanden.

26. KAPITEL

In Vancouver fand ich in der Jugendherberge Unterkunft. Ich teilte das Zimmer mit fünf anderen Mädchen. In regelmäßigen Abständen donnerte die U-Bahn am Fenster vorbei, aber das saubere Bett, der Duschraum, die Seife kamen mir nach den ausgestandenen Entbehrungen nahezu luxuriös vor. Im Spiegel stellte ich fest, dass ich entsetzlich abgemagert war. Ich hatte tiefe Ringe unter den Augen, kam mir um Jahre gealtert vor. Ich wusch mich von Kopf bis Fuß, wechselte die Wäsche. Es gab eine Kantine, wo ich Kaffee und Pfannkuchen bestellte. Nur das Nötigste, um Kräfte zu sammeln. Mit meinem Geld konnte ich einen Monat auskommen, vielleicht. Bis dahin musste ich Arbeit finden.

Obwohl todmüde, verbrachte ich eine schlechte Nacht. Die Mädchen gingen spät zu Bett, kicherten, erzählten sich endlose Geschichten über Jungen. Doch endlich schlief ich ein und am nächsten Morgen ging es mir besser.

Ich hatte meine Jeans gewaschen, sie waren noch klamm, aber die Körperwärme würde sie bald trocknen. Der Pullover war ausgeribbelt und voller Flecken, der Parka zerrissen und vom Regen verschimmelt, die

Turnschuhe durchweicht. Immerhin war mein T-Shirt sauber. Ich kämmte mich sorgfältig, band mein Haar mit einem roten Gummiband im Nacken fest. Beim Frühstück erkundigte ich mich nach der Musikhochschule. Die Herbergsmutter gab mir einen Stadtplan. Ich erfuhr, dass man mit dem Bus schnell und bequem überallhin kam. Sie zeigte mir die Haltestelle an der nächsten Kreuzung. Ich nahm meine Geige und machte mich auf den Weg. Noch lag Vancouver im Nebel. Hochhäuser ragten schemenhaft aus dem Dunst. Es war, als ob ganze Gebäudeteile frei in der Luft schweben würden. Ein Meeresarm mit vielen kleinen Inseln, das »Burrard Inlet«, erstreckte sich bis ins Stadtinnere. Menschen aller Hautfarben füllten die Straßen. Vancouver war eine lebendige Stadt, ein buntes Durcheinander von Boutiquen, Restaurants und Cafés, riesigen Werbetafeln und Wohnhäusern aus roten Backsteinen. Es war feuchtkalt, alle Leute waren warm angezogen, ich fror erbärmlich. Zum Glück kam ich an einem Secondhandladen vorbei, wo ich für wenig Geld eine Strickjacke und Turnschuhe in meiner Größe fand. Bald kam der Bus. Durch Straßen, von Fahrzeugströmen und Lärm erfüllt, fuhr ich dem Stadtkern entgegen. Bald hob sich der Nebel, eine blasse Sonne beschien die Wolkenkratzer und die große Kuppel der Weltausstellung schimmerte im Licht.

Die Musikhochschule befand sich in der Nähe der Universität, in einem großen Park. Kreischende Möwenschwärme gaben der Luft etwas Lebendiges,

Schwirrendes. Hinter dem tiefblauen Meeresarm mit seinen Frachtern, Segelschiffen und Fischkuttern leuchteten smaragdgrüne Berge. Studenten kamen in Gruppen vorbei, lachend und lärmend, alle gut angezogen, wohlgenährt. Ich kam mir klein, ungepflegt und schäbig vor.

Die Musikhochschule war ein imposantes, mit Efeu bewachsenes Backsteinhaus. In den Fensterscheiben spiegelten sich blaue Himmelsstreifen. Eine Steintreppe führte zu einem mächtigen, mit Metallbeschlägen geschmückten Eingang. Dahinter waren Glastüren, die sich lautlos teilten. In der großen Halle kamen und gingen Studenten. Scheu ging ich weiter, einen Gang entlang, bis ich eine Tür mit der Aufschrift »Sekretariat« fand. Dort klopfte ich und trat ein. Hinter einem Schreibtisch saß eine junge blonde Frau und telefonierte, nickte dabei heftig mit dem Kopf. Ich stand da wie eine Salzsäule und fror.

Plötzlich schaute die Frau auf.

»Hallo, kann ich dir helfen?«

Schemenhaft registrierte ich, dass sie nicht mehr telefonierte.

»Oh, ja …«

Ich starrte sie an. Meine Gedanken waren plötzlich wie ausgelöscht.

Sie hob die Brauen mit spürbarer Ungeduld. Ich fühlte mich verstoßen und unerwünscht.

»Nun?«, fragte sie.

Ich antwortete mit trockener Kehle.

»Kann ich bitte … Professor Castaldi sehen?«

»Wie heißt du?«

»Shana Reed.«

»Professor Castaldi unterrichtet gerade. Soviel ich weiß, hat er heute einen anstrengenden Tag. Hast du einen Termin mit ihm abgemacht?«

Meine Wangen wurden heiß. Ich entsann mich, dass er mich in seinem Brief um einen Anruf gebeten hatte. Bei dem elenden Durcheinander hatte ich nicht mehr daran gedacht.

»Nein, aber …«

»Du kannst doch nicht einfach hier hereinplatzen und den Professor treffen wollen!«, schnitt sie mir tadelnd das Wort ab. »Wenn alle Studenten das machen würden …«

»Aber ich habe einen Brief von ihm!«

Sie beugte sich leicht vor.

»Einen Brief von Professor Castaldi?«

Ich wühlte umständlich in meinem Ausschnitt, brachte die kleine Ledertasche zum Vorschein und zog den Brief hervor. Er war zerknittert, fast unleserlich, mit Blaubeersaft und braunen Flecken verschmiert, die Blut sein konnten. Beschämt faltete ich den Brief auseinander und reichte ihn der Frau, die ihn mit spitzen Fingern nahm und las. Als sie mich wieder anblickte, zeigte ihr Ausdruck zumindest eine Andeutung von Freundlichkeit. Sie drückte eine Reihe Knöpfe auf dem Telefon. Shana Reed sei da, offenbar eine Schülerin von Lela Woodland. Ja, der Professor wollte sie sehen. Sie lauschte eine Weile, dann legte sie den Hörer ab.

»Du kannst auf den Professor warten. Es wird aber sicher noch eine Stunde dauern. Willst du später zurückkommen?«

»Nein, ich warte lieber«, flüsterte ich.

Sie nickte.

»Du kannst dich draußen hinsetzen.«

Im Gang standen einige Studenten neben der Kaffeemaschine und ließen sich eine Tasse einlaufen. Der Kaffee kostete nichts. Ich holte mir eine Tasse und setzte mich abseits. Das Magermilchpulver war am Boden des Gefäßes festgeklebt. Ich versuchte, es mit einem Löffel loszukratzen. Alleine saß ich an einem Tisch, rührte in dem Kaffee und trank einen Schluck. Hassenswerte Müdigkeit, ich kam von ihr nicht los! Die Schwere in mir wuchs. Mein Kopf, meine Glieder, alles fühlte sich bleiern an. Die Studenten lachten und unterhielten sich. Ich sah ihre Münder, die sich bewegten, aber kein Ton erreichte mich, kein Ton, kein Geräusch, nichts. Ich schloss die Augen. Als mein Kopf nach hinten gegen die Wand fiel, schlief ich bereits.

Auf einmal fühlte ich mich leicht an der Schulter geschüttelt. Ich fuhr zusammen, richtete mich auf. Mein Nacken war steif und schmerzte. Wie lange saß ich schon da? Ein paar Minuten, eine Stunde? Ich blinzelte benommen. Der Schleier vor meinen Pupillen klärte sich. Vor mir stand ein älterer Mann, hochgewachsen, aber schmal, beinahe dünn. Das Haar war weiß, fast silbern glänzend, sodass der blasse Schädel an manchen Stellen durchschimmerte. Der Mann betrachtete mich mit einer Art ironischem Wohlwollen.

»Eine schlafende Schülerin, bei diesem Lärm! Wie bringst du das fertig?«

Seine Überraschung war durchaus begründet: Stimmengewirr und unzählige Schritte hallten von allen Seiten. Erschrocken sprang ich auf die Füße, griff nach dem Geigenkasten.

»Es … es tut mir leid.«

»Keine Ursache. Schlaf ist gesund.«

Sein Ausdruck war sanft und belustigt. Das Alter hatte einige sandbraune Flecken in die helle Haut gestempelt. Sie waren auch auf der langen, feingliedrigen Hand sichtbar, die er mir jetzt reichte.

»Robert Castaldi«, stellte er sich vor, wobei er meine Hand herzlich drückte. »Und du bist Shana, wenn ich mich nicht täusche?«

Ich nickte.

»Ich … ich habe vergessen, dass ich Sie vorher anrufen sollte.«

»Das ist weiter nicht schlimm, ich konnte einen Termin verschieben. Komm!«

Er zeigte mir den Weg. Trotz seines Alters war sein Schritt schnell und elastisch. Er führte mich eine Treppe hinauf, öffnete eine Tür. Das Übungszimmer war nüchtern eingerichtet, enthielt nur ein großes Klavier, einen Notenständer, einen Tisch und ein paar Stühle.

»Setz dich!«

Castaldi nahm mir gegenüber Platz, musterte mich mit aufmerksamen braunen Augen. Er besaß eine nach innen gekehrte Ruhe und etwas Schelmisches, Koboldenhaftes zugleich. Dieser Zwiespalt machte ihn zugänglich und ich fühlte mich weniger befangen.

»Erzähl mir von dir«, sagte er.

Ich fing an zu sprechen, zuerst zögernd, dann mit zunehmender Sicherheit. Castaldis Augen wirkten geistesabwesend, konnten jedoch, von einem Atemzug zum anderen, mit intensiver Schärfe funkeln. Seine Aufmerksamkeit machte mir Mut. Eigentlich hatte ich nicht vorgehabt, von meinem Vater zu reden, doch er lockte jedes Wort aus mir heraus. Zehn Minuten später wusste er alles über mich: Er musste eine Art Zauberer sein. Aber was, wenn er mich jetzt vor die Tür setzte oder die Polizei anrief?

Doch er ließ nur einen merkwürdigen Laut hören. Ich starrte ihn verwundert an. Hatte der Mann gelacht?

»Zweihundert Dollar! Offenbar ist dein Vater kein guter Geschäftsmann.«

Wie meinte er das? Ich wagte nicht zu fragen. Er sprach mehr zu sich selbst, im höchst amüsierten Ton noch dazu. Jetzt wandte er sich wieder an mich: »Ich kenne die Geige, ein sehr wertvolles Stück. Sie ist sogar unter einem ganz besonderen Namen bekannt.«

Er machte eine bedeutsame Pause. Ich sah ihn neugierig an.

»Man nennt sie ›Die Wölfin‹«, sagte Castaldi.

Ein Schauer überlief mich.

»Ist das wirklich wahr?«

Er nickte.

»Der Geigenbauer, Luigi San Pietro, stammt aus den Abruzzen. Das ist eine Bergkette mitten in Italien, nicht weit von Rom entfernt. San Pietro weihte die Geige jener Wölfin, die Romulus und Remus, die sagenhaften Gründer Roms, aus den Fluten des Tiber rettete, säugte und aufzog. Er schmückte die Geige mit einem Wolfskopf. Von diesem Instrument gibt es kein zweites auf der Welt.«

Ich schluckte mühsam.

»Wie kam sie in Lelas Besitz?«

»Durch Sunke Nagi, Lelas berühmter Großmutter. Sunke Nagi hatte eine Zeit lang in Rom mit einem Italiener gelebt, einem Musiker. Er starb an Tuberkulose. Bei seinem Tod vererbte er ihr seine Geige, genau so, wie Lela sie dir vermachte. Man vererbt solche Geigen nicht grundlos, musst du wissen.«

Ich biss mir auf die Lippen.

»Dann sind Sie mir nicht böse, weil ich … weil ich die Geige gestohlen habe?«

Er ließ ein Glucksen hören.

»Um die Wahrheit zu sagen, die Geschichte macht mir großen Spaß. Aber falls dein Gewissen dich plagt, kannst du ja später, wenn du berühmt bist, dem Sägereibesitzer zweihundert Dollar schicken. Von mir aus mit Zinsen, dann bist du quitt.«

Ich senkte verstört die Augen. Er schmunzelte.

»Willst du mir nicht etwas vorspielen? Ohne Noten, schaffst du das?«

»Ich … ich will es versuchen.«

Er beobachtete mich genau, während ich den Kasten öffnete und die Geige herausholte.

»Was soll ich spielen?«

»Das kommt auf dich an.«

»Eine Etüde von Kreutzer?«

Er hob die Brauen mit einem sonderbaren Ausdruck im Gesicht.

»Na schön.«

Nachdem er den Takt vorgegeben hatte, lehnte er sich zurück, wobei er beide Arme über die Brust verschränkte. Ich dachte, es ist schrecklich, ich bin völlig aus der Übung und habe die Noten nicht mehr im Kopf. Ich probierte einige Töne mit dem Bogen und versuchte zu vergessen, wo ich mich befand. Im Geiste versetzte ich mich zurück in den Wald, in eine dämmrige Lichtung, in der Mücken tanzten. Ich sah in Schatten gehüllte Bäume und eine dunkle Tiergestalt trat zwischen den Bäumen hervor. Ich hörte Wasser über die Steine plätschern und das Rauschen des Windes in den Zweigen. Ich roch die Baumrinden, den Duft der Gräser und Wildblumen, den süßlichen Geruch warmen Fells. Mein Bogen strich über die Saiten und eine Stimme begleitete meinen Gesang: Es war keine menschliche Stimme, aber ich trug sie im Herzen und sie war ein Teil von mir. Dann wandelte sich der Klang, zögerte, senkte sich, verweilte ein paar Atemzüge lang, bis nur noch ein einziger, sehr tiefer Ton bestand. Ich hörte ihn leiser und leiser werden, empfand fast einen Schmerz, dass er schwieg, es tat mir in der Brust weh. Dann plötzliche Stille. Ruhe, Benommenheit. Ich blickte verwirrt auf den Professor, der unbeweglich vor mir saß. Im Gegenlicht war sein Ausdruck schwer zu erkennen. Ich dachte voller Schreck, ich war nicht bei der Sache und habe lausig gespielt.

Seine Stimme brach endlich das Schweigen.

»Die Geige ist für deine Hand etwas groß, aber du bist ja erst sechzehn. In den nächsten Monaten und vielleicht für den Rest des Jahres wirst du einige Probleme haben. Aber du wächst ja und es ist besser, du übst von Anfang an auf deiner eigenen Geige.«

Mein Herz schlug hart an die Rippen.

»Dann … dann darf ich also bei Ihnen lernen?«

Er antwortete mit einer Frage: »Wo wohnst du jetzt?«

»In der Jugendherberge.«

»Da hast du nicht die nötige Ruhe.«

»Ich weiß. Ich muss Arbeit suchen. Vielleicht an einer Tankstelle. Ich habe schon die Zapfsäule bedient …«

»Was ich von dir verlangen werde, wird ziemlich happig sein«, sagte der Professor. »Schläfst du im Unterricht ein, schlage ich dir den Taktstock auf den Kopf!«

Sein Mundwinkel hatte einen schalkhaften Zug. Er neckte mich, doch mir war eher zum Heulen zumute.

»Aber ich habe kein Geld. Ich …«

Er schnalzte ungeduldig mit der Zunge.

»Hör zu, Shana. Ich bin kein Freund langatmiger Erklärungen, aber einiges muss gesagt sein. Dein Anschlag und dein Können liegen weit über dem Durchschnitt. Das Lob soll dir nicht zu Kopf steigen, gewisse Unarten müssen korrigiert werden, bevor sie zur Gewohnheit werden. Es gibt ein Gleichgewicht zwischen Technik und Ausdruck. Unsere Hauptaufgabe wird sein, dies herbeizuführen. Ich werde dich in die Zange nehmen, darauf kannst du gefasst sein. Du wirst hart arbeiten müssen. Traust du dir das zu?«

Ich nickte wortlos und er fuhr fort: »Du kannst nicht zwei Dinge auf einmal machen. Also wähle: die Zapfsäule oder die Geige.«

Ich schwieg betreten und er fuhr fort: »In den Ferien kannst du jobben, das ist dein gutes Recht, solange du deine Hände nicht kaputt machst. Aber nicht während der Schule. Ich werde für dich ein Stipendium beantragen. Inzwischen besorge ich dir eine Unterkunft bei einer Bekannten, die Zimmer an Studenten vermietet. Du kannst auch bei ihr essen. Miete und Kostgeld zahlst du ihr zurück, sobald du das Stipendium hast.«

»Aber das kann ich doch nicht annehmen. Ich …«

»Du kannst. Glaubst du vielleicht, du bist die einzige Schülerin in dieser Lage?« Nach einer kurzen Pause fügte er hinzu: »Du kannst dir die Sache überlegen. Wenn du nicht willst …«

Ich schüttelte den Kopf. Mir wurde es allmählich leichter ums Herz.

»Gut!«, knurrte er. »Das wäre also geregelt.«

Ich konnte den Schalk in seinen Augen erkennen. Seine spaßhafte Miene zeigte, dass er keinen Moment an meiner Zusage gezweifelt hatte.

»Ich unterrichte Schüler aus allen Kreisen«, fuhr Castaldi fort. »Einige kommen aus wohlhabenden Familien, andere nicht. Für mich zählen nur ihre Fähigkeiten. Finanzielle Schwierigkeiten dürfen nie eine Karriere verbauen. Wenn ich nicht so denken würde, wäre ich ein miserabler Lehrer. Und zum Glück habe ich Freunde, die meine Ansicht teilen.«

Ich sah das tiefe Feuer in seinen Augen und wusste, hier war ein Mensch, dem ich vertrauen konnte. Ich spürte nur noch Freude. Ich war mit unklaren Erwartungen gekommen, mit Ängsten und Sehnsüchten. Und jetzt wurde mein Leben ganz anders! Ich holte tief Luft, erwiderte rückhaltlos sein Lächeln, das voller Zuneigung und Wärme war.

»Ich danke Ihnen. Ich hoffe bloß, dass ich Sie nicht enttäuschen werde.«

»Das wird sich ja herausstellen.« Er zwinkerte mir zu. »Übrigens habe ich schon einen indianischen Schüler. Er heißt Mike Eagle Wing und entstammt dem Volk der Cree. Er ist ein sehr guter Schüler, ein bisschen vorlaut, aber das gehört heute dazu.«

Ich hörte mich atmen. Die Zeit stand still. Unruhe und Schmerzen verschwanden aus meinem Leben wie Regentropfen in einem Fluss. Vielleicht hatte ich hier etwas gefunden, das dem ähnelte, was ich ersehnte. Etwas Neues wurde geboren: die Gewissheit, dass etwas in mir steckte, was lebendig war und geweckt werden konnte.

Und mein Vater, dachte ich? Er zerstörte alles, was er zerstören konnte, und am brutalsten zerstörte er sich selbst. Ich empfand für ihn keinen Zorn mehr, nur Schmerz. Er wusste nichts Besseres, als durch die Welt zu gehen wie ein Schlafwandler. Ich hoffte aus tiefster Seele, dass er stark genug war, um sich eines Tages selbst zu heilen. Aber ich konnte ihm nicht helfen. Nicht jetzt. Später vielleicht.

Castaldi warf einen Blick auf die Uhr; er erhob sich schwungvoll, legte mir die feingliedrige Hand auf die Schulter.

»So, ich muss gehen. Ich erwarte dich morgen um acht zum Unterricht. Und pass auf, dass du deine Geige nicht im Bus liegen lässt!«

27. KAPITEL

»Ich habe Angst«, sagte ich zu Mike. »Ich habe die ganze Nacht nur geträumt, dass ich übe. Ich bewegte sogar die Finger im Schlaf. Bist du auch so nervös?«

Er lachte leise und verständnisvoll.

»Ich – ich habe Bauchweh! Zum Glück bin ich nur zweiter Violinist.«

»Ich bin Solistin, das macht mich krank!«

»Ertrag es mit Fassung! Wie schön du bist«, setzte er zärtlich hinzu.

Ich wurde etwas rot.

»Das Kleid ist aus dem Secondhandshop.«

»Das macht doch nichts. Du siehst toll aus.«

Wir waren gerade aus der Garderobe gekommen. Ich sah mich im Spiegel des Hinterbühnenraumes und kam mir wie eine Fremde vor. Ich war seit fast zwei Jahren in Vancouver und gab heute Abend mein erstes Konzert: das »Capriccio« von Paganini, danach Tschaikowsky – das Konzert in D-Dur. Das Orchester des kanadischen Rundfunks stand unter der Leitung eines ungarischen Dirigenten, Lorent Szabo. Ich hatte eine Anzahl Proben mit ihm hinter mir, privat war er ein witziger Mensch, als Dirigent ein launischer Tyrann.

Als ich Castaldi mein Leid klagte, bekam ich als Trost »Es gibt Schlimmere« zu hören.

Ich betrachtete mich in meinem ersten Abendkleid. Doch, es stand mir gut. Es war gelb, eine sonnige Farbe, die meiner Haut einen kupfernen Schimmer verlieh. Im Frühjahr war ich achtzehn geworden. Meine Hände hatten jetzt die richtige Größe für die Geige. Ich hatte mir die Augen geschminkt und trug Lippenstift, eine schlichte rotbräunliche Farbe, die nicht zu aufgedonnert wirkte. Neben mir stand Mike. Sein Smoking war zerknittert, weil er ihn falsch auf den Bügel gehängt hatte. Mike lachte darüber. Ich betrachtete ihn voller Zärtlichkeit. Er war größer als ich. Sein schulterlanges Haar war dick und schwarz, so schwarz, dass es fast violett schimmerte. Seine Haut war mahagonidunkel, er hatte ein wohlgeformtes Gesicht, froh und traurig zugleich, etwas, das nicht zusammenpasste und genau sein Wesen widerspiegelte.

Der Raum hinter der Bühne war groß und schlecht beleuchtet. Techniker, Bühnenarbeiter, Feuerwehrleute und Fotografen liefen an uns vorbei; ich beachtete sie nicht. Wie war es damals gewesen, vor zwei Jahren, als ich Mike zum ersten Mal sah? Die Bilder flirrten vor meinen Augen wie ein unscharfer Film. Ich sah mich in den Unterrichtsraum treten, wo fünfzehn neugierige Augenpaare sich auf mich, die neue Schülerin, richteten. Meine verstörten Augen wanderten zu einem Jungen in Jeans und weißem Hemd. Er stand etwas abseits und schaute mich an. Und ich, ich erwiderte seinen

Blick, starrte zurück wie gebannt. Die Welt um mich herum verschwand im Nebel und alle Geräusche verklangen. Für einen Augenblick schien ich den Kontakt zur Wirklichkeit zu verlieren, während der Junge durch das Klassenzimmer auf mich zuging. Dann schnellte die Welt zurück an ihren Platz. Der Junge stand vor mir und sagte: »Tag, ich bin Mike Eagle Wing. Du bist die neue Schülerin, nicht wahr?«

»Ich heiße Shana Reed«, sagte ich mit zugeschnürter Kehle. Er streckte die Hand aus. Unsere Finger berührten sich. Wir lächelten uns an. Es war, als ob wir beide schwankten.

»Woran denkst du?«, fragte mich Mike gerade, zwei Jahre später, wahrend die Zuhörer in den Saal strömten und die Orchestermitglieder ihre Instrumente stimmten.

»Wie war es für dich?«, fragte ich leise. »Als wir uns zum ersten Mal sahen? Weißt du das noch?«

»Damals?«, sagte er ebenso leise. »Mir war, als ob ich dich schon lange kannte.«

»Mir ging es ebenso.«

»Später hast du mir von deiner Wölfin erzählt. Da hatte ich noch stärker das Gefühl, dass wir zusammengehörten.«

»Wie oft haben wir sie gesucht!«, seufzte ich. »Aber sie zeigte sich nie, kein einziges Mal ...«

»Vielleicht hatte sie Angst vor mir?«

»Ich denke, sie hat ein Rudel gefunden, mit dem sie gehen konnte. Womöglich hat sie jetzt eigene Welpen?«

Ich möchte es hoffen, setzte ich traumverloren hinzu. »Sie war immer bei mir, als ich einsam war …«

»Du wirst nie wieder einsam sein«, sagte Mike, noch leiser.

Wir standen dicht beieinander. Es war so schön, so ruhig zu sein, ein tiefes, friedliches Gefühl. Ich neigte den Kopf, legte ihn an die Aufschläge seines dunklen Anzugs. Ich hörte Mikes stillen Atem. Seine Hände fassten nach meinen.

Er flüsterte: »Ohne dich bin ich nur halb.«

Ich drückte den Kopf fester an seine Brust.

»Ich auch, Mike. Das ist ein wunderbares Gefühl.«

Er blinzelte verschmitzt.

»Lampenfieber?«

»Entsetzlich!«, stöhnte ich und wir lachten beide.

Sieben Uhr. Die letzten Zuhörer trafen eilig ein, viele kamen mit Verspätung, denn draußen goss es in Strömen. Wir hörten das Raunen und Füßescharren hinter dem roten Vorhang. Alle Mitglieder des Orchesters saßen still mit ihren Instrumenten in der Hand und den Augen auf das Parkett oder die Noten gerichtet. Wir warteten auf den Dirigenten, machten uns bereit zu spielen. Mike saß in der Gruppe der Streicher, ich jedoch, als Solistin, ganz vorn. Im Saal gingen die Lichter aus, der rote Vorhang glitt beiseite, ließ die hell erleuchtete Bühne sehen. Der Saal, ganz in Rot gehalten, kam mir plötzlich riesengroß vor. Die Zuschauer im Saal husteten, suchten eine bequeme Haltung, dann wurde es ruhig. Die Scheinwerfer schienen mir voll in die Augen.

Von den Gesichtern sah ich nur helle rosa Flecken. Ich holte tief Atem. Ich fühlte, wie ich mich löste, mich irgendwie auf besondere Art verdoppelte. Schon trat der Dirigent unter Applaus auf die Bühne. Er nickte mir zu und ich erhob mich. Lorent Szabo war ein voluminöser Mann, der auf der Bühne noch imposanter wirkte. Er hatte einen großen Kopf und wuschelige Locken. Seine Augen, saphirblau und vorstehend, leuchteten im Bühnenlicht. Er wartete, bis völlige Stille eintrat, hob den Dirigentenstab, wandte mir den Blick zu. Ich legte die Geige an, gab ein Zeichen der Zustimmung. Das Konzert begann. Zuerst also das »Capriccio« von Paganini. Alle Augen der Musiker waren auf den Dirigenten gerichtet. Lorent Szabo lächelte einschmeichelnd, aber gebieterisch, formte uns wie Wachs, knetete uns zu einer Einheit. Wir Musiker spürten das; ich spielte, wie er es von mir verlangte, sah meine Musik wie ein Aufleuchten, wie den Flug eines Eisvogels, glitzernd und golden und blau. Jede Bewegung des Dirigenten ordnete die Töne neu an, schwang die Melodie höher und weiter, die Zuhörer erlagen dem Zauber, blieben bis zum letzten Ton in ihrem Bann. Der Beifall klang herzlich, ja nahezu begeistert. Galt er mir? Dem Dirigenten? Einerlei, ich entfloh, tauchte mit rasendem Herzen in die Kulissen ein. Lorent Szabo rief mich zurück, nahm mich bei der Hand, führte mich vor die Musiker. Ich verbeugte mich, mit heißen Wangen. Der Beifall nahm kein Ende. Endlich schloss sich der Vorhang, die Lichter im Saal gingen an. Pause. Die Knie gaben unter mir nach. Ich musste mich setzen. Castaldi trat auf mich zu. Ich sah befangen zu ihm empor. Er legte mir kurz die Hand auf die Schulter.

»Gut. Sehr gut!«

Mike brachte mir ein Glas Wasser. Er war etwas rot im Gesicht.

»Du warst großartig. Und noch dazu bei dem Gewitter!«

Ich blickte ihn fragend an. Er schien überrascht.

»Hast du nicht gehört, wie es donnerte?«

Ich schüttelte den Kopf, trank gierig mein Glas aus. Nein, ich hatte nichts gehört.

28. KAPITEL

Die Pause war nur kurz, das Programm ging weiter; jetzt der zweite Teil, der schwierigste. Meine Stirn spannte sich, mein Bauch schien einzusinken und meine Finger wurden steif. Was, wenn ich versagte? Ich war nahe daran, die Nerven zu verlieren. Hilflos blickte ich zu Mike hinüber. Er grinste mir zu und machte kurz das V-Zeichen. Das half. Von einem Herzschlag zum anderen wurde ich ruhiger. Der Vorhang teilte sich, Applaus. Doch es war zuerst Robert Castaldi, der auf die Bühne trat, sich kurz vor dem Publikum verneigte.

»Meine Damen und Herren«, verkündete er. »Unsere junge Solistin hat mich um eine Ansage gebeten. Shana Reed wird Tschaikowskys Konzert in D-Dur zum Gedenken ihrer Lehrerin Lela Woodland spielen.«

Das Publikum murmelte voller Sympathie. Dann wurde es still. Lorent Szabo erschien. Seine gewaltige Figur verbarg jetzt teilweise die Zuhörer. Gut so, dachte ich. Und als er den Stab hob, war ich bereit. Die Musik schwoll heran, wie eine Welle rollte sie über mich hinweg. Mein Körper weitete sich grenzenlos. Die unsichtbaren Dinge in mir verbanden sich mit den Klängen, mein Herz gehorchte dem Takt, den der Dirigent mir angab. Die Geige sang und jubelte unter meinen Händen. Ich ließ mich von der Musik tragen, rief sie zurück und holte sie ein, wenn sie meinem Bogen entfloh, um sich wieder mit dem Orchester im Gleichklang zu vereinen. Bald wurde ich selbst ein Teil der Musik, wurde eingewoben in das unsichtbare Gewebe, das ich mit meiner Geige beschwor. Merkwürdige Bilder zogen an meinem inneren Auge vorbei: Ein hochbeiniges dunkles Tier lief über eine Brücke, hinkend im prasselnden Regen. Zuweilen flackerten Blitze auf und das Tier, schwarz wie ein Scherenschnitt, hob sich im grellen Leuchten ab. Auf der Autobahn staute sich der Verkehr, Scheinwerfer an Scheinwerfer, in der Ferne rauschte das aufgewühlte Meer, die Schiffe schaukelten. Das Tier rannte mit geducktem Nacken, den Schwanz eingezogen, zielstrebig unter den blassen Feuerkugeln, die von Wolke zu Wolke sprangen. Was hatte das Tier mit mir zu tun? Ich konnte es nicht sagen. Ich spielte. Die lebendige Geige sang, ihre Stimme klang scharf und machtvoll und herrlich, ich spürte ihren Gesang in meinem Schädel, in meinem Blut. Es war die Stimme der Freiheit, der Liebe, des Lebens, das niemals endet. Und plötzlich war es vorbei. Vielleicht war es schon lange vorbei gewesen. Ich senkte den Bogen, blinzelte benommen. Meine Wangen glühten, meine Haut klebte vor Schweiß. Das Geräusch meiner Atemzüge mischte sich in andere Geräusche, prasselnd, ohrenbetäubend, die mich von allen Seiten umgaben. Ich blinzelte im grellen Scheinwerferlicht, sah das jubelnde, tosende Publikum. Ganze Menschenreihen standen auf, riefen und klatschten sich die Hände wund. Erst als Lorent Szabo meine Hand nahm und ich ihm wie eine Schlafwandlerin nach vorne auf die Bühne folgte, wurde mir bewusst, dass dieser Beifall mir galt.

Hinter den Kulissen umringten mich die Musiker. Auch die Mitschüler waren da. Es herrschte das größte Gedränge, Fernsehkameras richteten ihre Linsen auf mich, es gab Küsse und Umarmungen, von Bekannten und Unbekannten. Ich stand hilflos im Gewühl, schüttelte Dutzende von Händen, kniff die Augen unter den Blitzlichtern zusammen. Erleichtert sah ich Robert Castaldi sich einen Weg durch die Menge bahnen. Er legte mir den Arm um die Schultern.

»Geschafft!«, sagte er. »Ich gratuliere dir.«

»Ich danke Ihnen«, flüsterte ich rau. »Ihnen und auch Lela.«

Sein bewegtes Gesicht wurde ernst. Er nickte langsam.

»Du hast ihr heute Abend eine große Freude gemacht.«

Ich umarmte ihn wortlos. Der Augenblick der Ergriffenheit war vorbei. Der alte Herr straffte sich. Sein Ausdruck wurde wieder heiter.

»Mach dich nicht nur auf Lob gefasst, junge Dame! Jetzt fängt die Arbeit erst richtig an. Da sind einige Unarten, die ich dir noch abgewöhnen muss.«

Ich lachte, wobei ich mich völlig ausgepumpt fühlte. Castaldi zwinkerte mir zu.

»Hast du Hunger? Das gehört dazu. Die Symphonie der knurrenden Mägen – die Schlussakkorde eines jeden Konzerts! Mach dich schön, Shana: Jetzt geht es zum Galadiner. Pressevertreter werden auch da sein. Du wirst gleich sehen, was für dumme Fragen sie stellen!«

Auf der Bühne hatte man mir Blumensträuße überreicht. Jemand hatte sie mir abgenommen, ich war froh, dass ich sie los war, damit ich die Geige in ihren Kasten legen konnte. In der Garderobe zog ich mich um: einen schwarzen Hosenanzug, eine weiße Hemdbluse – fertig. Keine Rüschen oder Schleifen oder Ähnliches. Es war nicht mein Stil. Ich sah die Regentropfen an den Scheiben und zog meinen Trench an.

Als ich aus der Garderobe kam, wartete Mike auf mich. Er lächelte mir zu, hielt mir eine einzige Rose entgegen. Sie war wunderschön, von einem tiefen Gelb mit einem orangeroten Schimmer. Ich trat dicht an ihn heran. Wir umarmten uns.

»Du sieht so glücklich aus«, sagte ich.

»Ich bin glücklich«, erwiderte er, »weil du mich liebst.«

Wir waren eine kleine Gruppe, die den Konzertsaal verließ. Das Gewitter hatte nachgelassen, der Aprilwind wehte. Es regnete nur noch schwach. Zwischen den Wolken glitt die Mondsichel wie eine funkelnde Klinge. Lorent Szabo dehnte seine kräftigen Lungen, atmete tief die Nachtluft ein.

»Es riecht nach Meer«, meinte er.

»Ja, der Wind kommt vom Osten«, sagte Castaldi.

Wir gingen auf die Taxis zu, als wir in der Straße eine Gruppe von Menschen im Regen stehen sahen. Ein Polizeiwagen war da, mit Blaulicht; dahinter standen einige Wagen mit blinkenden Lichtern.

»Ein Unfall?«, fragte eine Journalistin.

Mike hielt meine Hand.

»Hoffentlich nichts Schlimmes.«

Zwei Polizisten gingen an uns vorbei. Einer sprach in sein Handy.

»Möchte wissen«, hörte ich ihn sagen, »was das Tier hier zu suchen hatte! Ein Wolf, mitten in Vancouver!«

»Wahrscheinlich das Gewitter«, knurrte sein Kollege.

Mein Nacken erschauerte. Ich ließ Mikes Hand los, lief die Stufen hinunter, über die Straße. Ich zwängte mich durch die neugierige Menge, drückte mit der Hand zwei Männer auseinander, entschuldigte mich, drängte mich in die vorderste Reihe. Ein großes Tier, nass und blutend, lag halb unter den Rädern eines Wagens.

»Lela«, flüsterte ich.

Die Wölfin hob leicht den Kopf, bewegte den Schwanz.

»Vorsicht, Lady!«, warnte mich ein Polizist. »Gehen Sie nicht zu nahe ran!«

Ich hörte ihn kaum. Ich sah nur Lela. Sie lag auf der Flanke, die Augen noch offen, den Kopf in einer Pfütze. Ihre Hinterbeine und ein Teil ihres Rückens waren nur noch eine blutige Masse. Ich fiel neben ihr auf die Knie, hörte die Menge erschrocken murmeln.

»Sind Sie verrückt?«, rief ein Polizist.

Ich hob mein Gesicht zu ihm empor.

»Weg da!«, zischte ich. Mein unerwarteter Wutausbruch verblüffte ihn derart, dass er zurücktrat. Ich kauerte mich neben die Wölfin, legte mein Gesicht an ihren Kopf, schob beide Arme um das nasse Fell. Heftige Schauer durchliefen ihren Körper und ich erinnerte mich an einen anderen Autounfall, an einen sterbenden Menschen und eine klare Stimme sagte mir ins Ohr: »Ich werde immer bei dir sein. Dich erst verlassen, wenn du mich nicht mehr brauchst.« Leise schluchzend drückte ich mein Gesicht an den heftig pochenden Hals.

»Ich bin bei dir, Lela. Stirb jetzt, stirb schnell! Du sollst keine Schmerzen mehr haben ...«

»Der Tierarzt?«, rief eine Frau, mit Mitleid in der Stimme.

»Lohnt sich nicht, der Wolf ist zerquetscht«, sagte ein ungeduldiger Mann, offenbar der Fahrer. »Er lief mir direkt vor die Räder.«

»Ich erledige das«, sagte ein Polizist. Ich hörte das Klicken eines Abzugs und hob das Gesicht zu ihm empor.

»Es wird nicht nötig sein«, sagte ich ruhig.

Die Wölfin öffnete das Maul. Ihre Zunge kam hervor und leckte meine Hand: Ich sah die blutige Spur auf meiner Haut. Lelas Geist stockte einen Augenblick lang, hing an ihrem flackernden Atem. Dann ein heftiger Ruck, ein Schauder, als wäre eine starke Saite gerissen. Ihr Kopf wurde schwer auf meinem Arm und ich wusste, dass sie gestorben war. Ihr Maul blieb klaffend offen stehen, ihre Augen blickten glasig. Sie entfernte sich von mir, verschwand jeden Augenblick weiter wie in sich selbst, wie in den Grund ihrer selbst. Sie ging fort: Ich brauchte sie ja nicht mehr. Meine tastende Hand fand die Rose neben mir auf dem Asphalt und legte sie ihr dicht an den regennassen, blutverklebten Hals.

»Für dich, Lela …«

Die Mondsichel verschwand. Wieder prasselte Regen auf den Asphalt. Wagen hupten, Schirme wurden aufgespannt, die Leute zerstreuten sich.

»Los, weg mit dem Tier«, hörte ich einen Polizisten sagen.

Doch was ging mich das an? Ich erhob mich mit steifen Knien, sah Mike dicht neben mir stehen. Unsere Blicke trafen sich. Er legte beide Arme um mich.

»Komm!«, sagte er leise und zog mich fort.

29. KAPITEL

»Liebe Shana«, schrieb Stanley Egger. »Da ich Deine Adresse nicht kenne, schicke ich diesen Brief an die Musikhochschule und hoffe, dass man ihn an Dich weiterleitet. Vor einigen Tagen sah ich zufällig im Fernsehen die Übertragung Deines Konzertes. Wir alle gratulieren Dir und sind stolz auf Deinen Erfolg. Doch ich möchte Dir heute etwas anderes mitteilen: Dein Vater hat Beaver Creek verlassen. Er lebt jetzt in Collins, in einer Heilanstalt für Trinker. Als ich ihn kürzlich besuchte, stellte ich fest, dass es ihm besser ging. Doch er plagt sich Tag und Nacht mit Schuldgefühlen. Ich glaube, dass es ungeheuer wichtig für ihn wäre, wenn Du ihn besuchen würdest. Denk mal darüber nach! Und noch etwas: Der junge Frank Morgan hat mir kürzlich erzählt, dass sein Vater einen Scheck von Dir erhalten hat: zweihundert Dollar für die Geige und hundert Dollar Schmerzensgeld für den Schlag auf den Kopf. Beide – Vater und Sohn – sind mit dieser Abfindung zufrieden. Somit ist diese Sache erledigt. Meines Erachtens verträgt Franks Schädel noch mehr solche Schläge … Zu meinem Bedauern bin ich ja als Lehrer zu Langmut verpflichtet. Immerhin wird es Zeit, dass er geht. Ich könnte allmählich die Geduld verlieren.

Falls Du mal ins Reservat kommst und Sehnsucht nach dem alten ›Egger‹ hast, Du kennst ja den Weg. Eine Tasse Kaffee und Kuchen (selbst gebacken von meiner Frau) stehen immer für Dich bereit.«

»Wir besuchen ihn«, sagte ich zu Mike. »Er ist ein toller Lehrer, obwohl wir ihn damals völlig lahm fanden.«

Es war Spätsommer, wir waren in Mikes Wagen unterwegs nach Collins. Ich hatte lange gezögert, die Reise immer wieder hinausgeschoben. Aber jetzt eilte die Zeit. In einer Woche ging das Orchester auf Tournee: Boston, San Francisco, Los Angeles, New York – die großen Städte. Ich würde die Vereinigten Staaten kennenlernen und später Asien, Europa, die ganze Welt! Und mein Vater? Der Gedanke an ihn ließ mir keine Ruhe und jetzt hatte ich meinen Entschluss gefasst. Aber es tat gut, dass Mike bei mir war.

Wir fuhren über die Landstraße. Die Berghänge waren noch grün, aber die Espen färbten sich golden. Der Herbst schwebte bereits in den Abendnebeln. Das Heim, dessen Adresse ich von Stanley Egger erhalten hatte, befand sich außerhalb von Collins und wurde von Sozialarbeitern geführt. Es war ein altes Haus, das ziemlich verkommen wirkte. Männer kamen und gingen, alle mit irgendwelchen Aufgaben beschäftigt. Ein junger Betreuer erwartete uns. Wir hatten unsere Ankunft telefonisch mitgeteilt. Elliot Reed, sagte er, sei im Garten beschäftigt.

»Weiß er, dass ich ihn besuche?«, fragte ich.

»Ja, natürlich.«

»Was hat er gesagt?«

»Ach, nichts weiter, aber er schien nicht abgeneigt, Sie zu sehen.«

Mike sah mich an: »Es ist besser, du gehst alleine«, meinte er. »Ich komme später, wenn du willst.«

»Gut«, sagte ich.

Durch eine Veranda, in der sich die Hitze staute, führte mich der Betreuer in einen Obst- und Gemüsegarten hinter dem Haus! Ich sah meinen Vater schon von Weitem. Er trug eine Latzhose und sein langes Haar war zu einem Pferdeschwanz gebunden. Er kauerte unter einem Baum, stocherte mit einem Spaten herum und rupfte mit der freien Hand Unkraut aus. Er schwitzte in der prallen Sonne, seine Haut schien mit Öl eingerieben.

»Rufen Sie, wenn Sie mich brauchen, ja?«, sagte der Betreuer.

Ich nickte, ging langsam weiter. Elliot blinzelte im Sonnenlicht, erhob sich. Seine Bewegungen waren erstaunlich geschmeidig. Ich hatte ihn vor langer Zeit so gesehen; vor sehr langer Zeit, als meine Mutter noch lebte. Ich fand, dass er nicht schlecht aussah.

»Tag«, sagte ich.

Er steckte den Spaten in die Erde.

»Shana«, murmelte er, »du bist gewachsen.«

»Ich war klein für mein Alter«, erwiderte ich.

Er nickte langsam.

»Das war mir nicht aufgefallen.«

Schweigen. Elliot räusperte sich.

»Du machst jetzt Musik, habe ich gehört. Du bist berühmt.«

»Ich habe noch viel zu lernen«, sagte ich.

Seine Mundwinkel verzogen sich nach unten.

»Tja, ich auch.«

»Es tut dir gut, im Garten zu arbeiten.«

»Später will ich unseren Garten in Ordnung bringen.«

»Sicher eine harte Arbeit.«

»Das macht nichts. An der frischen Luft sein, das gefällt mir. Nächsten Monat gehe ich nach Hause. Der Garten soll wieder so wie früher sein. Melanie, die hätte ihre Freude daran, glaubst du nicht auch?«

»Bestimmt.«

Seine Lippen zitterten. Ein tiefer Seufzer hob seine Brust.

»Mir tut eine ganze Menge leid.«

Mit einer Handbewegung tat ich den Satz ab.

»Das ist jetzt nicht mehr wichtig.«

Ein Funke glomm in seinen Augen auf.

»Ach, findest du?«

»Ja, es hat mir auch … irgendwie geholfen.«

Er zog die Stirn kraus.

»Hmm?«

»Irgendwie … hat mich das stark gemacht. Sonst

hätte ich nie gewusst, was ich mit mir anfangen sollte. Hätte vielleicht an der Tankstelle gearbeitet. Oder so. Verstehst du?«

Er nickte langsam.

»Ich glaube schon …«

»Eigene Entscheidungen zu treffen, das ist doch wichtig, oder?«

Er kratzte sich im Nacken.

»Stimmt. Habe 'ne ganze Menge nachgedacht. Irgendwann entschieden, dass es nicht so weitergeht. Whisky und Diabetes, das macht doch jeden kaputt. Gartenarbeit ist gesünder, ja? Habe mich schwergetan dabei. Aber so ist's jetzt und dabei bleibt's auch.«

Ich spürte einen Kloß im Hals.

»Eben, das meine ich ja.«

Unsere Blicke hielten einander fest. Seine Augen fragten: Was eigentlich?

Ich schluckte und sagte: »Du und ich … wir sind uns ziemlich gleich, meinst du nicht auch?«

Er fuhr sich mit der dreckigen Hand durch die Haare. Er hatte noch mehr graue Haare bekommen. Es stand ihm gut.

»Schätze, ja«, murmelte er.

Ich sagte: »Willst du nicht in die Kantine kommen? Ich … ich habe Lust auf einen Kaffee. Und ich möchte dir gerne Mike vorstellen.«

»Bin gleich da«, sagte mein Vater.

Er brachte den Spaten in den Schuppen, stopfte das Unkraut in einen Plastiksack. Am Schuppen war eine

Pumpe angebracht. Ich sah zu, wie er sich lange und sorgfältig die Hände wusch. Mir fiel auf, dass ich lächelte.

Federica de Cesco

Shana, das Wolfsmädchen, und der Ruf der Ferne

Die junge Solistin Shana steht unmittelbar vor ihrer ersten Tournee, als ihr Dorf von der Regierung bedroht wird. Schweren Herzens lässt sie ihre Heimat, die First Nations und ihren Freund Mike Eagle Wind zurück und macht sich auf nach Europa. Ausgerüstet mit ihrer geheimnisvollen »Wolfsgeige« erwartet sie dort eine große Karriere – und der Musiker Valeri, der in Shana bald tiefe Gefühle weckt.

240 Seiten • Gebunden
ISBN 978-3-401-05760-6
www.arena-verlag.de

Federica de Cesco

Pferde, Wind und Sonne

Ferien in der Camargue! Für Sophie geht ein Traum in Erfüllung: Sonne, Wind und Pferde! Besonders der wilde Hengst Etoile hat es Sophie angetan. Ihr gelingt es als Einzige, Zugang zu dem stolzen Tier zu finden. Doch als Alain, der Neffe der Gutsbesitzerin, versucht, den Hengst zu bezwingen, kommt es zum Kampf auf Leben und Tod.

184 Seiten • Kartoniert
ISBN 978-3-401-50649-4
www.arena-verlag.de

Federica de Cesco

Melina und die Delfine

Melina und ihr kleiner Bruder Yannis treffen in einer Bucht auf Kreta auf eine Gruppe Delfine. Melina merkt schnell: Die Delfine können ihrem kranken Bruder helfen, wieder zurück ins Leben zu finden. Ganz vorsichtig, zartfühlend nähern sich ihm die Delfine. Und dann machen die Geschwister eines Tages mit Hilfe der Delfine eine fantastische Entdeckung und das Abenteuer geht erst richtig los ...

Arena
240 Seiten • Kartoniert
ISBN 978-3-401-50691-3
www.arena-verlag.de